로 드 마 스 터

로드 마스터

ⓒ 홍재훈, 2019

초판 2쇄 발행 2019년 9월 25일

지은이   홍재훈
펴낸이   이기봉
편집   좋은땅 편집팀
펴낸곳   도서출판 좋은땅
주소   서울 마포구 성지길 25 보광빌딩 2층
전화   02)374-8616~7
팩스   02)374-8614
이메일   gworldbook@naver.com
홈페이지   www.g-world.co.kr

ISBN   979-11-6435-387-3 (03810)

이 도서의 국립중앙도서관 출판예정도서목록(CIP)은 서지정보유통지원시스템 홈페이지(http://seoji.nl.go.kr)와 국가자료공
동목록시스템(http://www.nl.go.kr/kolisnet)에서 이용하실 수 있습니다. (CIP제어번호 : CIP2019021455)

ROAD MASTER

로 드 마 스 터

로드 마스터,
이 길의 끝에는 오아시스가 있을까?

사막의 여정에서 만난 **인생 길잡이**

ROAD MASTER

좋은땅

ROAD
MASTER

목 차

●

추 천 사

　우리가 살아가고 있는 시대의 특징을 설명하는 많은
단어들 중에서도 Globalization이라는 말은 삶의 다양한
영역에서 여전히 중요성을 가지고 영향력을 발휘하고 있
다. 다양한 민족들과 문화들, 정부들 그리고 초국가적인
기업과 기구들 간의 강화된 상호 작용을 의미하는 문자
적 의미 그대로가 아니더라도 피부로 느끼는 세계화는
우리의 일상 속으로 깊이 들어온 지 오래다.

　그런데 수없이 많은 지식과 정보, 상징과 물건들이 오
고가는 상황의 변화 속에서 우리와 다른 문화와 사람들
에 대한 우리의 태도와 시각이 이러한 상황의 변화를 적
절하게 반영하고 있는가 하는 질문에 대해서는 자신 있
게 답할 수 없는 것이 우리의 현실이기도 하다.

　이러한 상황 속에서 오랫동안 중동 지역에서 거주하며

그 지역의 사람들과 문화에 대한 실제적인 경험과 지식의 균형 감각을 갖추게 된 전문가의 글은 우리에게 생소한 문화의 다름보다는 그 너머에 존재하는 보편적 인간의 경험과 질문 그리고 그 답의 추구와 공통점으로 나아가게 하는 성실한 로드 마스터의 역할을 하기에 충분하다.

다양한 콘텍스트 속에 있는 국내외의 독자들이 본서를 통하여 상이한 문화를 바라보고 이해하는 관대한 관점을 기르며 또한 이러한 경험의 공유를 통하여 인간의 보편적인 추구에 대한 답을 함께 찾아가는 좋은 도구로 활용되기를 기대하는 마음이다.

한국이슬람연구소 소장 김아영

●

프 롤 로 그

　미지의 땅, 중동을 알고 싶었다.

　맨 처음 이 지역에 관하여 호기심을 품게 된 것은 동남
아 지역에서 산족 출신의 소수민족을 돕는 일을 하고 있
을 때, 세계지도를 펼쳐 들고 사람들이 가기 꺼려하는 지
역을 눈여겨보게 되면서부터이다. 그리고 관련된 책들
과 그 지역에서 일어나는 뉴스들을 읽기 시작했다. 사막
의 단조로움, 그러나 여러 가지 변수로 얽히고설킨 복잡
함으로 묘미가 넘치는 곳이었다.

　미래에 중동 지역에 가서 지낼 삶을 기대하며 미리 공
부를 하였지만, 알면 알수록 무서워지기 시작했다. 특별
히 테러에 관련된 석사 논문을 쓰면서 이들의 입장을 이
해해 보려고도 했지만 연구를 할수록 이 지역에 대한 두

려움만 커졌다.

그러던 중 나에게 관점의 변화를 가져다준 사건이 생겼다. 그것은 아랍 출신의 사람들과 일상을 동행하면서 생기기 시작되었다. 함께 발을 맞추어 길을 걷다 보니 서로 깊은 우정을 나누게 되었고, 문서에는 기록되어 있지 않은 숨겨진 일상의 이야기를 하나둘씩 발견하게 되었다. 이러한 동행은 이들의 시선으로 세상이 볼 수 있게 해 주었다. 또한 이들이 책을 통한 인식의 대상이 아니라 정을 나누는 실존의 대상이 되니 두려움이 사라지기 시작했다. 사람들을 통해서 그 지역의 또 다른 사람들을 이해하게 됐고, 과거와 현재가 보이기 시작했다.

한때는 한 지역의 전문가가 되기 위해 지역 연구에 전념을 하였지만 이제는 새로운 지역의 친구들을 통해 지역 연구뿐만 아니라 세상을 바라보고 있는 나 자신에 대하여 탐구하게 되었다. 이러한 탐구는 주변과 세상을 향해 잘못된 분석으로 세워 둔 장벽들을 제거해 주고, 세상에 한 발짝 더 다가가 소통해 보려는 기회를 주었다. 이 것을 깨닫게 해 주고 보다 풍성한 삶으로 인도해 준 수많은 로드 마스터들에게 감사를 표한다.

중동의 친구들은 나를 미지의 땅 구석구석을 데리고 다니며 가 보지 못했던 또 다른 세상으로 안내해 주었다. 이처럼 이 책이 나 자신과 주변 그리고 세상을 향한 오해의 벽을 허물고 또 다른 관점으로 세상을 바라보는 관전 포인트로 인도해 주는 로드 마스터가 되길 바란다.

또한 내가 그토록 원하는 인생의 목마름을 해소시켜 줄 오아시스로 올바르게 인도해 줄 로드 마스터를 만나길 바란다.

균열 렌즈

Beyond Misconception

"안녕하세요. 저는 한국인입니다."

해외에서 여행을 하거나, 국제도시에서 외국인을 만나면 자연스레 처음으로 하는 것은 국적을 밝히며 자기소개를 하는 것이다. 한국에 대한 지식이 좀 있는 친구들은 태권도 자세를 취하거나, 우리나라 전자 회사나 자동차 회사의 이름을 말하며 한국에 대한 친근감을 표시한다. 2002년 여름 이후 한동안은 "Korean Soccer."라고 하며 미소와 함께 엄지를 치켜 세워 주는 외국인, 특히 유럽인들을 많이 만났을 것이다. 이후로는 "강남스타일."을 외치며 말춤을 추거나, 서투른 발음으로 케이팝 가수나 케이드라마의 주인공 및 다양한 분야의 한국인 셀럽들의 이름을 대며 한국인을 만난 반가움을 표시하는 사람들을 만나게 된다.

태권도, S/L사의 전자제품, H/K사의 자동차, 김치, 불고기, 월드컵, 케이팝(K-POP), 케이드라마(K-Drama), 빨리빨리, 화장품, 홍삼……

점점 다양해지고는 있지만, 아마 이 정도가 외국인으로서 '대한민국' 하면 떠오르는 주된 키워드일 것 같다. 이러한 키워드를 나열해 주는 외국인이라면, 일면식이 없는 사람일지라도 함께 아는 공통분모로 인해 친밀함이 금방 높아지게 된다. 이런 외국인 친구들과 좀 친해지다 보면 좀 더 심도 있는 질문들을 던지며 서로 다른 문화에 대한 궁금증을 해소해 가게 된다. 중동 지역에서 문화센터를 운영하면서 친해진 현지 및 젊은 외국인 친구들로부터 한때 가장 많이 들었던 호기심 어린 질문 하나가 있었다.

"한국 여성들은 모두가 다 성형을 한다며? 그래서 다 비슷하게 생기고 예쁜 거지?"라는 물음이다.

로드 마스터

한국 여성들의 성형에 대한 정확한 통계 수치는 알지 못하지만, 내가 알고 있는 여성들을 총동원하여 성형 여부의 수치를 어림짐작 계산만 해 보더라도 이 말에는 동의하기가 어려운 것 같다. 외국인 친구들이 접하는 대다수의 한국 여성들은 TV 속에 나오는 연예인들이기 때문에 특정한 집단만을 표본으로 통계를 내다 보니 일반화의 오류를 범한 결과를 얻게 된 것 같다. 이렇게 한국에 대해 오해를 하는 질문을 받게 되면, 해외에서 문화센터를 운영하는 사람으로서, 아니 그냥 같은 대한민국 국민들이 잘못된 선입관과 편견으로 오해받는 것이 싫기 때문에 이런 오해를 해소하고자 최대한의 노력을 기울이게 된다.

"혹시 TV에 나오는 한국 연예인들을 보면서 생각하거나 들은 이야기이니? 연예인이 되는 과정에서 소속사로부터 성형을 많이 권유받는 것도 사실이고 강남 등 성형외과가 즐비한 특정 지역이 있는 것도 사실이지만 한국 여성들 대다수가 성형을 한다는 이야기는 과장된 이야기인 것 같구나. 우리 아내를 봐봐. 작고 쭈욱 찢어진 전형적인 동양인 눈을 가진, 전혀 성형을 하지 않은 사람이잖아. 아마도 미디어 매체에 나오는 특정 한국 여성들만 보다 보니 그런 오해가 생긴 것 같구나. 그건 전혀 사실이 아닌 과장된 말이야."

그냥 아니라고 단순히 부정을 할 수도 있지만 잘못된 지식으로 한국인이 오해받는 것이 못마땅해서 이렇게 구구절절 할 수 있는 최대한으로 설명을 하곤 한다.
설명이 끝나자 연관된 이야기가 이어진다.

"한국 남자들은 대부분 스윗(sweet)한 것 같아, 맞지?"
"그럼. 대부분의 한국 남자들은 다정다감하지."

간단한 답변으로 한국 남성에 대한 긍정적인 이미지를 굳건하게 만든다. 사실 위의 질문과 같은 논리라면 한국 남성도 대중매체를 통해서 스윗 가이로 이미지화된 것도 있다고 말했어야 하는 것이 아닌가. 어느 집단이건 A

부터 Z까지 다양한 사람이 존재하기 마련이고 다른 나라 남성들에 비해 유독 스윗하다는 것을 객관적으로 증명할 수도 없는 문제임에도 이런 위험한 발언을 일삼게 된다. 그리고 이것이 국위 선양하는 대의라고 정당화하며 오해를 불러일으킬 수 있는 나의 발언에 관대해진다.

한번은 길을 지나가다가 한 내국인이 외국인에게 한국에 대해 설명하는 것을 우연히 듣게 되었다. 내가 생각하기에는 그 한국 분이 지극히 개인적인 의견으로 잘못된 정보를 알려 주는 것 같아 대화에 껴들어 수정해 주고 싶은 충동을 느꼈다. 순간적으로 발동되는 오지랖을 참고 나중에 저 외국인을 혹시나 다시 만나게 되면 수정을 해 주고자 얼굴을 익혀 놓는 것으로 만족한다. 수많은 다국적인들 사이에서 살다 보니 고국에 대한 이야기가 나오면 민감해지는 것 같다.

대한민국을 보다 널리 알리기 위해서라면 아무런 한국인과도 접촉점이 전혀 없는 것보다는 차라리 편협한 견해를 가진 한국인이라도 만나서 하나의 정보라도 듣는 편이 더 낫다고 생각된다. 비록 그 정보가 평균적인 생각과는 동떨어진 표본 오차 밖에 있는 발언일지라도 정보가 좀 쌓이다 보면 백지에 무언가를 그려 가며 상대방에 대해 좀 더 선명한 윤곽선을 그려 갈 수 있을 거라 믿는다. 하지만 한 국가에 대해 부정적인 이미지가 판에 박혀 버린다면 차라리 아무런 정보를 듣지 않는 것이 나을 때도 있다. 필자 또한 한국인을 대표할 만큼 평균적이거나 객관적으로 설명할 수 있는 한국학 전문가는 아닐지라도 상대가 건강한 지식을 보유하는 데 도움이 줄 수 있는 사람이 되도록 계속적으로 나 자신을 살펴보게 된다. 어쩌면 이것은 내가 다른 사람에게 오해 받지 않고 나 자신을 근사하게 봐 주었으면 하는 자기 방어적 본능에서 나오는 자연스러움일 수도 있을 것이다. 또한 타국 사람들에게 노출되어 살다 보니 타인이 나를 바라보는 시선에 관심을 갖게 되는 것처럼, 내가 그들을 바라보는 관점은 건강한지에 대해서도 되묻게 된다.

로드 마스터

"'중동' 하면 연상되는 것은 무엇입니까?"

"석유, 이슬람, 사막, 낙타, 테러, 위험한 곳, 전통의상, 아랍의 봄……."

중동과 관련된 강의를 할 때마다 묻게 되는 질문인데, 공통적인 답변은 이 정도이다. 심지어는 중동에 살고 있는 외국인들조차도 '중동' 하면 떠오르는 단어가 상당히 제한적임을 느낀다. 마치 어떠한 친구를 알고 지낸 지 시간은 오래되었지만, 피상적으로만 알았을 뿐 그가 무엇을 좋아하는지, 과거에 어떠한 삶을 살아왔는지, 지금 무슨 생각을 하는지는 전혀 관심이 없이 알고만 지냈던 것이다. 그리고 피상적으로 보고 느낀 것 몇 가지로 그들을 재단하면서 나의 필요가 있을 때에만 필요한 것을 중동의 친구들로부터 얻어내려고 교제를 해 왔던 것이다. 그런데 간혹 사막에서 살고 있는 그들이 어떤 사람인지에 대한 질문을 받으면 우리는 그들을 다 아는 것처럼 확신에 찬 답변으로 단정 지어 버린다. 그들을 향한 우리의 협소한 인식으로 그들의 실제와는 무관할 수도 있는 것들로 규정하여 그 정보를 유통했던 것이다.

그러던 어느 날, 오랫동안 그 친구와 알고는 있었지만 나의 관점으로만 바라보고 있었던 내 자신을 발견하게 되었다. 그 순간 나는 그의 진정한 친구가 아니었음을 깨닫게 되었다. 사실이 아닌 잘못된 소문으로 주변 사람들로부터 오해를 받으면 억울할 텐데, 그런 오해 속에서 제대로 된 변명조차 못한 채 억울하게 살아왔던 사막의 사람들. 더욱이 그들을 친구로 여기며 오랫동안 만났음에도 나 또한 오해하는 그룹의 한 일원으로 여전히 남아 있으면서 내가 편한 대로만 그들을 생각한 것이다. 직접 만나 그들과 차분히 이야기하고 함께 생활하며 그들을 경험했음에도 오해를 풀고 그 사람을 있는 모습 그대로 보기까지는 참 힘든 과정을 지나쳐 왔다. 그들과 가까워지는 과정이 어려웠던 것은 단순히 서로 문화적으로 다르기 때문이 아니라, 그들을 바라보는 나의 렌즈에 심각한 균열이 가 있었기 때문이었다.

로드 마스터

균열된 렌즈에 대한 여러 가지 이유를 찾아볼 수 있겠지만 크게는 세 가지이다.

첫 번째로는 그동안 내가 살아왔던 사회 환경 속에서 생겨난 부산물로 인한 것이다. 우리는 최근의 역사적 흐름에서 복잡하게 얽히고설킨 관계들을 이분법적 사고의 틀로 바라보도록 배웠다. 예를 들어 1, 2차 세계대전 이후 복잡하게 형성된 수많은 근대국가들이 있었지만, 단순하게 미국편, 혹은 소련(소비에트 연방) 진영으로 나누어서 바라보았다. 민주주의와 공산주의 사이에서 어느 체제에 속할 것인가는 단순히 어느 체제에 따라 국가를 발전시킬 것인가의 문제가 아니라 편을 나누는 기준이 되었다. 즉, 미국과 가까우면 우리 편, 그렇지 않으면 다른 편이 아닌 나쁜 편이 된 것이다. 이것도 저것도 아닌 또 다른 색깔을 내고 싶어도 양편에서는 확실한 색깔을 낼 것을 강요하며 끌어 당겼다. 남과 북, 진보와 보수, 개인과 전체, 지배층과 피지배층. 사회 전역은 이러한 이분법에 의해 나누어지고, 하나는 우월한 반면 다른 하나는 열등한 것으로 서로를 평가하게 되었다. 이러한 사고는 각각의 개체들이 어떤지 살펴볼 기회를 잃어버린다. 한 집단에 소속되어 있으면, 속해져 있는 집단의 특성으로 모든 개체들을 동일하게 여겨 버린다. 소속원 개개인들이 어떠한 사람들인지 파악해 볼 기회도 없이 그 집단에 있는 기득권층의 이해관계에 따라 큰 소리를 내는 소수의 목소리가 소속집단의 특성으로 규정해버린 것이다. 어쩌면 소속원 개개인들도 자신들이 진정 어떠한 사람인지 생각해 볼 겨를 없이 소속집단의 의견에 편승하며 살아왔던 것이다.

마치 내가 위험할 때는 언제든지 도와주겠다고 의리를 외쳤던 힘센 친구가 어느 날 갑자기 아랍 동네에 사는 사람들은 다 나쁜 놈이라고 몰아세우기 시작한 것이다. 나는 그동안 아랍친구들로부터 석유와 천연가스를 받고, 필요할 때면 건물을 지어 주는 대가로 돈을 받으면서 살림에 큰 도움을 주고받으며 살아왔었다. 비록 활발한 교류는 없었지만 필요에 따라 서로 도움을 주고받던 그리 나쁘지 않은 사이였다. 그런데 나를 항상 보호해 주겠다

로드 마스터

고 자처했던 그 친구가 자신이 억울하게 당한 일을 토로하며, 앞으로 아랍 사람들과 친해지기 힘든 문화적 차이를 학문적으로 정리해 주었다. 그리고 아랍 사람들은 우리한테도 위협의 대상이 될 수 있으니 조심하라고 경고한다. 나름 친하게 지낸 힘센 친구가 어떤 사람에 대해 나쁘다고 하니 그것을 철석같이 믿고 받아들인다. 아니, 아랍 사람들과 계속해서 친하게 지내려고 해도 힘센 친구의 눈치가 보여 아랍 사람들을 멀리하게 된다. 나에게 직접적인 가해를 하지는 않았지만 친구의 이야기로 아랍 사람들을 바라보는 내 눈빛은 의심과 경계로 점점 바뀌어 간다. 그러다 보니 아랍 사람들과 점점 상종하지 않는 것은 물론이고, 제대로 알지도 못하면서 그들이 나쁘다는 소문을 열심히 퍼뜨리며 나와 함께 동조할 세력들을 키워 나간다. 사실 나를 보호해 주는 힘센 친구는 뒤에서 아랍 동네에서 주먹 좀 쓴다는 몇몇 친구들과 뒷거래로 상부상조하면서 잘 지내기도 하는데, 나만 단순하게 착한 놈-나쁜 놈 원리로 사람들을 바라보게 된 것이다. 과거의 삶 속에서 체득한 세계관으로 인해 나와 아랍 동네 사람들은 직접적인 나쁜 이슈도 없었지만 언제부터인가 멀어지기 시작한 것이다.

　두 번째 이유는 내가 기독교인이라는 개인적인 종교 때문에 생기게 되었다.

　2003년 이라크에서 일어났던 전쟁 이후 긴급구호팀에 합류하여 바그다드에서 거주하던 시기에 절실히 깨닫게 되었다. 당시 이라크 TV에서 방영되는 영화를 보고 있었다. 아마도 아랍과 이스라엘이 서로 싸웠던 네 번의 큰 중동전쟁 중 하나를 배경으로 만든 영화인 듯했다. 영화의 내용은 아랍인 특공대가 몰래 이스라엘 진영으로 잠입하여 이스라엘 진영의 중요 건물들과 다리를 폭파하는 것이었다. 임무를 성공적으로 마친 뒤 "알라후 아크바르.(알라는 위대하다.)"를 외치면서 영화는 마무리되었다. 영화가 끝이 나고 영화를 만든 사람들의 이름이 적힌 스크립트가 올라가는 것을 보고 있는데, 무언가 꺼림칙한 마음으로 인해 채널을 돌리지도, 그 자리를 뜨지도 못했다. 영 가시지 않는 불편한 마음이 남아 있었다. 이는 재미없는 영화를 보고 나서 느끼는 찝찝함과는 전혀 다른 것이었다. 그래서 이 불편한 마음이 어디서부터 생기게 되었는지 마음속을 차분히 들여다보기 시작했다.

　나는 기독교인으로서 어려서부터 주일이면 교회학교에서 다윗과 골리앗, 여호수아, 삼손, 기드온 등의 여러 성경 이야기를 듣고 자랐다. 어려서부터 읽고 들었던 성경은 항상 이스라엘의 승리, 아랍의 패배로 끝났다. 또한 내가 주로 접했던 세계사 책들에서도 아랍과 이스라엘 사이에서 일어났던 전쟁에서는 결국 이스라엘이 승리했고, 팔레스타인의 거주지 분쟁 문제에 있어서도 이스라엘이 나라를 세우는 것을 당연하게 생각했다. 그런데 지금 이 영화에서는 아랍의 승리로 결말을 맺은 것이다. 항상 승리는 이스라엘의 것이라는 등식이 깨진 이 영화는 무언가 잘못된 것이었다. 영화는 이스라엘이 역전을 하는 것으로 마무리가 되어야만 하는데 예상과는 다른 결과가 나오자 불편한 마음이 들었던 것이다. 한번도 아랍의 입장에서 세상을 바라본 것 없이, 아랍 사람들과 대척

점에 있는 사람들의 입장에서 개별 사건들을 보아 왔던 것이다.

사실 구약의 이야기들은 이스라엘과 다른 민족과의 전쟁 속에서 이스라엘이 승리했다는 것에 초점이 있지는 않다. 이스라엘이라는 작은 민족을 하나님께서 어떻게 사랑하시고, 그 사랑을 통해 우리를 어떻게 하나님의 자녀로 만들어 가는 과정에 주목해서 봐야 한다. 하지만 성경의 가장 중요한 주제를 잊은 채 이야기의 일부 내용을 가지고 이스라엘은 궁극적으로는 항상 승리해야 하며, 하나님의 백성이 아닌 사람들은 이등 시민으로 살아가도 괜찮다는 기저가 마음속 깊은 곳에 깔려 있었던 것이다. 만일 이스라엘이 무조건 승리해야 하는 것이 성경에서도 말하고자 하는 것이었다면 성경을 믿는 신앙인으로서 편향적인 사고로 살아가는 것이 당연할 수도 있겠지만 문제는 이것이 전혀 성경에서 말하고자 하는 바가 아니라는 것이다. 성경을 자의적으로 어설프게 해석한 것이 건강하지 못한 세계관을 가지게 했을 뿐만 아니라, 신앙적으로도 하나님께서도 기뻐하시지 않는 가치관을 갖게 된 결과를 낳았다.

　마지막으로는 그들과 지금 마주하게 해 주는 접촉점들이 편협하여 중동 아랍 지역에 대한 바른 이해를 방해하고 있다. 우리는 그동안 중동 아랍 지역에 대해서 큰 관심을 두지 않고 살아왔다. 간혹 가다 우리나라 경제에 지대한 영향을 미치는 국제 유가가 요동을 치게 되면 향후 유가의 변화를 예측하기 위해 간헐적으로 이 지역을 살펴보았다. 그러다가 2001년 9·11 테러가 일어나자, 기존에 출판되었던 『이슬람』이라는 책이 베스트셀러로 반짝 등극을 하면서 관심을 갖기 시작했다. 이는 멀게만 느껴졌던 그들이 나를 위협할 수 있는 존재가 될 수도 있다는 불안감이었다. '이슬람'이라는 종교가 꾸란의 경전을 통하여 어떻게 폭력적인 사태를 유발하고 이를 바탕으로 원리주의자들이 어떻게 테러를 실시하는지를 알아내고자 그들과 관련된 것을 보기 시작한 것이다. 이렇게 목적론적인 접근을 하다 보니 아무래도 그 목적을 기준으로 상대방을 틀 안에 집어넣어 해석하려는 시도를 하였다. 이것은 첫 번째 이유에서 말했던 것처럼 이미 찌푸린 눈빛으로 아랍을 바라보고 있는 우리의 시선일 것이다.

그런데 이후 우리의 일상에서 접하는 중동 아랍 지역에 관한 세계 뉴스를 보면 부정적인 이미지만 증폭시키는 뉴스거리로 도배되어 있다. 하루는 포털사이트의 '세계 뉴스' 란의 중동 지역을 클릭해서 보았는데 다른 지역과는 달리 위압감을 주는 소식들만 즐비하였다. 시차를 두고 여러 차례 방문하여 재검색을 하더라도 유독 어두운 소식들로만 가득 차 있는 것을 쉽게 볼 것이다. 정말 이 지역에서만 이런 사건이 많이 발생을 해서 그런 것일까? 아니면 우리의 관심이 이미 부정적인 뉴스를 향하고 있기에 그런 류의 소식들을 뽑아내고 있는 것일까? 이 지역에서 살면서 오랜 추이를 지켜본 사람이라면 이는 뉴스가 편중된 이야기로 보도되고 있다는 것을 쉽게 느낄 수 있을 것이다. 다양한 소식을 통해 특정 지역을 총체적으로 볼 수 있는 기회를 제대로 갖지 못한 채 편중된 이

로드 마스터

야기만 듣다 보니 코끼리의 한쪽 다리만 만지는 상황이 되어 버린 것이다. 마치 한국인 친구 하나 없이 케이드라마를 통해서만 한국을 알게 된 외국인이 한국인 여성은 모두가 성형을 한다는 극단적인 관점과 오해를 가진 것처럼 말이다.

이런 편중된 관점을 보다 건강하게 만들고 세상 구석구석에서 일어나는 일들을 더욱 잘 이해해 보고자 '국제학'이라는 학문을 공부하게 되었다. 한번은 국내에서 공부를 하다가 유럽에 가서 수업을 들을 수 있는 기회를 가졌는데, 유럽의 교수님께서 내가 세상을 바라보는 관점이 미국적이라고 지적하였다. 처음 그 발언을 들었을 때 유럽연합(EU)이 회원국을 늘리며 기세등등하던 시절, 유럽연합의 한계성을 주장하는 논문을 쓰고 있는 동양인을 무시하기 위한 보복적 발언일 수도 있다는 생각에 대수롭지 않게 여겼다. 그러나 여러 사건들을 함께 분석해 보면서 유럽 교수님의 지적이 일리가 있었음을 조금씩 수긍하게 되었다. 유럽에 가서 세상을 보니 그간 내가 대한민국의 안보를 책임져 주는 미국의 입장과 동일시 여기며 미국적인 렌즈로 세상을 바라보았다는 것을 인정하면서 또 다른 각도로 세상을 바라볼 수 있는 것을 배웠다.

그런데 중동, 그리고 동남아시아와 아프리카 등 다른 지역으로 가서 그들과 함께 서서 세상을 바라보니 서구 열강의 커다란 목소리에 눌려 다른 소리를 듣지 못하고 고개를 끄덕이면서 열강의 등 뒤에 숨어 세상을 바라보고 있었던 나를 발견하게 된 것이다. 그리고 이제야 무대 뒤편에서 땀 흘리고 있는 엑스트라와 마주앉아 그들이 가지고 있는 숨겨졌던 이야기들도 듣게 될 수 있었다. 비록 중동 아랍 지역에 관한 어두운 뉴스들도 분명한 사실이고 그동안 내가 바라보았던 관점도 완전히 틀렸다고 말할 수는 없겠지만, 한쪽 다리만 집중적으로 만지면서 이것이 전부인 양 말해 왔던 것도 명백한 사실인 것이다. 어쩌면 중동 아랍의 사람들 스스로도 자신에 대한 성찰 없이 외부에서 내려 준 평가에 익숙해서 자신을 인식하고 변론할 생각조차 안 했을 수도 있었을 것 같다. 어쩌면 일반적으로 듣게 되는 소식이나 전문가들의 분석조차도 한쪽으로 치우쳐질 수 있음을 새삼 느끼게 된다.

상대에 대한 잘못된 인식은 상대를 향한 마음의 장벽을 세운다. 세워진 벽은 서로가 어떤 사람인지 제대로 알아볼 기회를 잃어버리게 만든다. 차라리 아무것도 없는 백지가 새롭게 무언가를 그려 가는 것에 좋듯, 이미 빼곡하게 그려진 도화지에 무언가를 덧입히려면 여간 힘든 게 아니다. 사막 한복판에서 만난 중동 아랍의 친구들은 내가 이전에 그렸던 그들을 향한 고정된 이미지에서 벗어나게 도와주었다. 단순히 그들에 대한 생각뿐만 아니라 세상을 바라보는 사고의 틀 또한 완전히 깨도록 해 주었다. 이들과 교제함으로 누리는 풍요로움뿐만 아니라, 세상의 다른 한쪽 다리를 더듬거리며 얻는 기쁨을 맛볼 수 있도록 선사해 준 것이다.

이제는 또 다른 한쪽의 다리도 만지면서 세상과 이야

기해 보고 싶다. 광활한 사막을 구석구석 전부 다닐 수는 없겠지만 더 깊은 사막으로 들어가 아직 가 보지 못한 광대한 미지의 세계 앞에서 서서 나의 지식과 경험이 부족함을 깨우치는 숙연함을 맛보고 싶다.

사막에서 만난
낯선 나의 민낯

2001년 9월. 미국은 엄청난 충격에 휩싸이게 된다. 알카이다의 공격으로 미국 본토의 상징적인 건물들이 파괴되면서 수많은 희생자가 발생했다. 패권국의 자존심에 큰 상처를 입게 한 공격의 배후는 '오사마 빈라덴'이 이끄는 알카이다 조직이라는 것으로 밝혀졌다. 아프가니스탄에 은둔해 버린 이들을 체포하고자 미군은 아프가니스탄에서 대대적인 군사작전을 실행했다. 이렇게 시작된 테러와의 전쟁 도중 이라크에서 유엔이 금지한 생화학무기 등의 대량살상무기를 보유하고 있다는 정보를 듣게 된다. 더불어 북한과 이란, 이라크를 세계 평화를 위협하는 '악의 축(Axis of Evil)'으로 규정하면서 인류에 해악을 끼치는 존재로 규정하게 된다. 이에 미국은 대량살상무기들을 제거하고 악행을 일삼는 사담 후세인 정권으

31

로부터 이라크의 민중들을 해방시킬 뿐만 아니라 세계 평화에 기여하는 민주주의 정치체제를 이라크에 이식하고자 국제사회의 반대를 무릅쓰고 전쟁을 일으켰다. 이 전쟁은 이라크의 대량살상무기를 구경하지도 못한 채 엄청난 화력의 차이만을 보여 주며 매우 싱겁게 미국의 승리로 종결되었다. 전쟁은 이내 마무리가 되었지만 전쟁으로 인해 일부 중요 지역이 폐허가 되었으며 기존 사회 시스템이 다 무너져 혼란을 가져왔다. 이로 인해 다국적 NGO 및 국가단체들은 이라크를 돕기 위해 몰려들기 시작했다.

2003년 8월. 이라크 바그다드에서 활동 중인 긴급구호팀에 합류하고자 요르단으로 떠났다. 당시 군용기 외에는 이라크로 직접 들어가는 항공이 없었기에 때문에 바그다드에서 가까운 요르단의 수도 암만까지 항공편으로 간 다음, 그곳에서부터 약 천 킬로미터가 되는 거리를 차량으로 이동해야만 했다. 당시는 전쟁 이후라 요르단과 이라크를 왕래하는 대중교통도 제대로 운영되고 있지 않왔다. 이라크를 방문하는 외국인들은 주로 8기통 엔진의 커다란 SUV 차량에 물품을 가득 싣고 최대한 빠르고 안전하게 이동하는 것을 선호했다. 필자도 사막에서 쉬지 않고 빠르게 질주할 수 있을 것 같은 차량을 가진 가장 믿음직스럽게 보이는 운전사와 가격 협상을 한 후 다음 날 이른 아침에 출발하기로 약속을 했다.

치안이 불안정했던 당시, 암만과 바그다드 사이의 광활한 사막에 도적 떼가 나타나 차를 멈춰 세우고 물건을 약탈해 간다는 소문이 무성했기에 최대한 해가 떠 있는 이른 시간에 바그다드에 도착하고자 새벽에 출발했다. 바그다드로 향해 가는 동안 끝없이 펼쳐진 사막의 평화로움은 홀로 미지의 땅으로 가는 두려움을 잠시 잊게 해주었다. 4시간 남짓 달렸을 때 고요함의 단조로움을 깨고 국경선에 도착하였다. 아랍인이 아닌 외국인이 이라크를 출입하는 것이 드물었던 시기라 이라크를 도우러 와 준 외국인에게는 국경선을 빨리 통과할 수 있도록 배려를 해 주었다. 국경선에서의 검문은 차량에서 내리지도 않은 채 창문만 내리고 여권 검사 및 차량 검문으로 끝났다.

순탄하게 입국심사를 마친 것에 안도와 감사를 하고 있을 때, 다른 검문요원이 차량에 운전자 외 혼자 탑승을 하고 있냐고 물었다. 입국심사도 끝났는데 잠시 차를 세우게 하더니 검문 요원이 운전기사를 어디로 데려갔다. 홀로 남겨진 차량에서 묘한 긴장감이 감돌았다. 잠시 후 기사와 함께 여러 명이 몰려와서는 차량의 빈자리에 다른 한 명을 함께 태우고 갈 수 있느냐고 물었다. 동승을 했으면 하는 사람은 이라크 국가대표 축구선수라고 했다. 해외에서 훈련을 마치고 복귀하는 길인데 좀 더 편하게 갈 수 있도록 합승을 권유했던 것이다.

이라크에서 가장 유명한 축구선수 중 하나라고 소개를 받았지만 그때 당시 당장 인터넷 검색도 해 볼 수 없고 주위에 믿고 물어볼 사람도 없는 나에게 그는 그리 날렵해 보이지도 않는 그냥 아랍 청년으로만 보였다. 이라크의 국민적 영웅이 불편한 버스에서 장시간 가는 것이 안쓰러워 주변에 있던 사람들이 자발적으로 부탁한 것 같았다. 하지만 이라크로 오기 전에 받았던 주의사항 중 하나는 사설 택시들이 외국인들의 물건을 강탈하는 경우가 종종 있으니 모르는 사람과의 합승을 절대하지 말라는 충고였다. 이에 대한 상습적인 방법은 외국인 손님을 태우고 얼마 안 가서 같은 방향으로 가는 자기 친구가 있는데 태우고 가면 안 되겠냐고 물은 후 인적이 드문 곳으로 데리고 가서 금품을 요구하는 식이라고 했다.

'너무나도 비슷한 시나리오인데……. 미안하기도 하지만 단호하게 거절할까? 만일 나의 물건을 강탈하기 위해서 계획한 시나리오라면 너무 많은 사람이 동원된 것 같은데. 혹시 이 사람이 진짜 이라크의 유명 축구선수여서 축구를 좋아하는 이라크 국민들이 자발적으로 선수를 배려해 주기 위해 나에게 부탁한 것이라면 나도 그들을 작게나마 도울 수 있어서 내가 원래 이곳에 오려는 목적과 부합된 일을 하는 것이 때문에 승낙을 해서 함께 편하게

가는 것이 더 좋지 않을까.'

  합승 요청을 받고 대답까지의 짧은 시간 동안 수만 가
지의 생각이 스쳐갔다. 만일 이 운전사가 내 물건을 노리
는 사람이라면 내가 지금 거절을 하더라도 어떤 방법을
취해서라도 빼앗아 갈 테니 지금은 기분 좋게 승낙을 해
주기로 결정하고 합승을 했다. 승낙을 하자 그는 버스에
서 자신의 짐을 챙겨 와서 탑승했다. 해외 전지훈련을 다
녀온 축구선수라면 캐리어에 짐들이 꽤나 있을 거라고
생각했는데 축구화와 운동복, 그 외의 몇 벌의 여벌옷들
이 들어 있는 작은 가방 하나가 전부였다. 마치 전쟁에서
급하게 피해 나온 피난민의 모습을 여실히 보여 주는 듯
했다.

  사막 한가운데서 내가 알지 못하는 한 사람을 만나 동
행하기 시작했다. 새로운 사람을 만나 알아간다는 기대
감이 생기기도 했지만 한편으로는 이 사람이 갑자기 돌
변하여 나를 해칠 수도 있다는 두려운 마음도 공존하였

　　　　　　　　　　　　　　로드 마스터

다. 동물이 기지개를 켜며 최대한 몸을 크게 보여 주면서 외부로부터 자기를 보호하기 위한 본능적인 행동을 하듯, 갑자기 나도 모르게 어깨를 쫙 펴고 배와 양팔에 힘을 힘껏 주면서 최대한 근육남인 것을 어필하기 시작했다. 더불어 운동 이야기를 하면서 한국 모든 남성들은 혹독한 훈련을 받는 군대에 가고 태권도라는 무술을 익혀서 싸움도 매우 잘한다고 말해 주었다. 나를 섣불리 건들리지 말라는 사인을 운전기사와 축구선수에게 보낸 것이다. 지금 생각해 보면 왜 이리 허세를 부렸나 부끄럽기도 하지만 당시에는 나를 구원해 줄 수 있는 것이 아무것도 없는 사막에서 살아남기 위한 자기방어적 과시였다. 서로에 대한 정보가 전혀 없는 두 부족이 생존이 보장되지 않는 사막 한복판에서 만나 눈에 보이는 것들로만 서로를 판단하며 힘겨루기를 하는 듯했다. 만약 이 힘겨루기에서 진다면 바로 상대 부족의 공격으로 어느 누구에게도 항변할 수 없는 침묵의 땅에서 생을 마감하게 될 것이다.

멀리서도 알아볼 수 있는 명품 액세서리, 번쩍거리는 고급 승용차, 규칙성이 있거나 숫자 단위가 적은 자동차 번호판 혹은 휴대폰 번호 등에 집착하는 중동 아랍의 친구들을 보면서 석유와 가스를 통해 갑작스레 부를 얻게 된 졸부의 전형적인 행동이라고 여기며 눈살을 찌푸리곤 했다. 재력으로 외관만 눈부시게 만들어 가꾸지 않은 내면을 감추려는 허세로만 보였다. 유명 브랜드로 치장하며 자신들을 이에 동일시하는 모습이 상당히 불편했다.

그러나 잠시나마 사막에서 생존하기 위해 버둥거리면서 옛적에 이 지역에 주를 이루었던 부족들이 가지고 있었던 삶의 정체성에 대해서 생각해 보게 되었다. 선조들은 사막에서 생존하기 위해 외부로부터 자신들을 보호하기 위해 치열하게 과시용 방어체제를 구축하며 살았을 것이다. 사막에서의 자기과시는 단순히 자신의 존재를 부러움의 대상으로 타인에게 인정받기 위해 자랑하는 자기만족이 아니었다. 주변 사람들로부터 자신을 보호하기 위해 자신 혹은 자신의 부족이 얼마나 강한 부족인가

로드 마스터

를 과시하여 다른 부족들이 쉽게 침략하여 물건들을 강
탈해 가는 일을 사전에 차단하기 위해서 자신을 최대한
부풀리게 보이도록 한 것이다. 사막에서의 자기과시는
생존과 직결되어 있는 것이다. 이런 선상에서 아랍 사람
들의 유별난 겉치레를 다시 보게 된다. 어쩌면 이는 단순
한 허영심에서 나오는 것이 아니라, 부족주의 정체성에
일부 영향을 받아 생존을 위한 위장술로 자기 방어가 뿌
리가 된 행동이라고 해석할 수도 있을 것이다.

그리고 이런 맥락 속에서 중동 지역의 대표 관광지인
아랍에미리트에 가 보면 이들의 허세를 재해석하게 된
다. 두바이에 오면 꼭 들러야 하는 현재 세계에서 가장
높은 빌딩인 '버즈 칼리파(Burj Khalifa)'와 세계에서 가
장 넓은 쇼핑몰과 사막에서 상상하기 힘든 실내 스키장
이 있는 테마파크 등이 있다. 한편 세계에서 가장 높은
빌딩의 타이틀을 빼앗아 가기 위해 옆 나라인 사우디아
라비아의 제다(Jeddah)에서 버즈 칼리파보다 더 높은 빌
딩을 짓고 있다. 이 소식이 전해지자 두바이에서 세계 최

고라는 타이틀을 지키기 위해 사우디의 이 빌딩보다 더 높은 타워를 만들기 위해 한창 공사 중에 있다. 또한 두바이에서 100킬로미터쯤 떨어진 라스 알카이마(Ras Al Khaimah) 지역에는 세상에서 가장 긴 짚 라인(Zip Line)을 아랍에미리트에서 가장 높은 돌산에 설치하여 익스트림 스포츠를 즐기는 사람들의 구미를 당기고 있다. 아부다비에 있는 그랜드 모스크를 방문하면 값비싸고 화려한 샹들리에와 양탄자, 외관의 웅장함에 압도될 것이다. 이는 중동의 석유부자들이 넘쳐나는 오일머니로 단순히 '세계 최고'라는 수식어를 지닌 무언가를 만듦으로 허례허식의 과시용 낭비를 하는 것이 아니라 역사적으로 유구한 유물이 적은 아라비아 반도에서 숲이 우거진 매력적인 인공 오아시스를 만들어 사람들을 끌어 모으는 생존전략의 일환으로도 해석할 수도 있을 것이다.

아직까지도 어느 정도 부족주의의 정체성이 작용하는 아라비아 반도에 살다 보니 은연중에 자기 과시를 하려는 모습이 나오기도 한다. 이곳은 특히 경제적 상황에 따른 신분의 계급화가 심화된 곳이다. 국적에 따라 다른 월급체계는 사람의 신분을 국적으로 등급을 매기는 인상을 준다. 이러한 사회 흐름에서 새로운 사람을 만나 자기 소개를 하기 위해 국적, 현재 직장, 결혼 유무, 가족관계, 직급, 출신 학교 등의 정보들은 단순히 서로를 알아가기 위해 지나온 역사와 현재 상황에 대한 것 이상의 의미를 담고 있다. 이를 통해 눈에 보이지 않는 서열이 매겨지기도 한다. 그러다 보니 나와 연관된 모든 것들을 끄집어내면서 내가 얼마나 대단한 사람인가를 보이며 한 등급이라도 더 올라가기 위해 사투를 벌이게 된다. 이렇게 계급화된 나와 상대방의 위치에 따라 때로는 우쭐거리기도, 때로는 위축되어 상대를 대하게 된다. 나의 정체성이 환경과 주변 사람들과의 관계 속에서 이루어지다 보니 타인의 인정과 평가는 자신의 정체성을 결정하는 데 중요한 요소가 된다. 더 나은 사람으로 비춰지기 위해 잘 보이려고 더욱 신경을 쓰게 된다. 또한 주변 사람들에게 계속 인정을 받기 위해 환경에 따라 자신의 모습을 상황에 맞게 달리하며 타인에 휘둘리는 삶을 살기도 한다. 이렇게 살다 보면 한결같은 자신의 모습은 없이 때마다 가면을 쓰듯 변화하는 모습에 혼란을 겪게 된다.

그러던 어느 날 깊은 사막에서 만난 은둔자로 인해 혼란스러웠던 정체성을 정리할 수 있게 되었다. 그는 세상과 단절된 생활을 하여 사람들을 차등하게 만드는 세상적인 기준에 대해 무지한 사람이었다. 기준이 되는 대상들이 무엇인지 모르다 보니 계급화를 시키는 기준이 그 앞에서는 아무 쓸모가 없다. 아무리 자신의 화려한 이력을 나열하더라도 상대가 그 이력에 대한 가치를 몰라준다면 우열을 나누는 기준이 될 수가 없다. 서로가 서로에 대해서 무지하다며 관계의 서열을 정하는 시스템은 더 이상 작동하지 않게 되는 것이다.

은둔자는 내가 톱클래스의 대학을 최고의 학점으로 졸업했다고 해도 그런 대학을 모를뿐더러 심지어 대학을 졸업하는 것조차 그에게는 큰 감흥이 없을 것이다. 세계적인 다국적 기업의 핵심 부서에서 엄청난 연봉을 받으면서 근무 중이라고 해도 시큰둥한 표정만 짓는다. 거대한 저택에 슈퍼 카들이 차고에 즐비하다고 자랑을 늘어놓아도 관심 없이 하던 일만 묵묵히 한다. 현재의 나를 보호하고 안정된 미래의 삶을 보장받기 위해 그동안 쌓아 왔던 배지들이 그 앞에서는 무용지물이 된다. 설사 그에게 내가 얼마나 대단한 사람인지 알려 주기 위해 내가 받아온 훈장들을 하나하나 자세히 설명해 줄지라도 그가 느끼는 훈장의 무게감은 나와 같지 않을 것이다. 인내심을 갖고 그동안 내가 해 온 무용담을 다 들어준다 할지라도 튕겨 나오는 대화처럼 실속 없이 떠들고 난 후 드는 허무감만이 남을 것이다. 그의 냉담한 반응 앞에서 이 모든 것들이 지금 당장 깊숙한 사막 한가운데서 살아남기 위해서는 버려야 할 겉치레임을 깨닫게 되었다. 사막에 거주하는 무지의 은둔자 앞에 서니 외부와의 연결된 끈들이 강제적으로 끊기게 된다. 국적, 학벌, 가정, 직장 등 외부 환경과 연결되어져 생기는 자신의 모습이 차단된다. 이 모든 것들과 단절되고 나니 내가 가진 고유의 모습에만 집중하게 된다.

우리는 익숙한 자리를 떠나야만 자신을 진정한 모습과 마주할 수 있다. 타인들의 견해와 평가로 이루어진 자신의 모습이 아닌 날것의 모습을 보고 싶다면 익숙한 자리를 떠나야 한다. 내가 누구인지를 대변해 주고 보호해 주었던 목록으로부터 떠나는 순간 이전에 한 번도 보지 못했던 자신의 민낯을 마주하게 될 것이다. 그동안 내가 달고 있던 계급장에만 관심을 가졌던 주위 시선으로 인해 나 또한 나의 계급장만 응시했을 뿐 그 속에 숨겨진 자신의 모습을 보지 못했을 것이다.

'분명히 나의 모습인데, 왜 이렇게 낯설까?'

처음 마주하는 낯선 나의 모습으로 인해 혼동에 빠진다. 한동안 진짜 나의 모습이 무엇인지 분별하지 못하고 갈팡질팡하면서 그동안 나 자신에게 정직하지 못했음을 깨닫게 되었다. 스스로가 무엇을 좋아하는지, 어떤 것이 마음을 불편하게 만드는지, 무엇이 가슴을 뛰게 하는지 자문할 기회 없이 주변 환경에 의해 생긴 모범적인 규범에만 맞추어 살아가고 있었다. 내가 있는 곳의 문화의 틀에서 벗어나지 않기 위해 경계선을 넘는 것을 금기시하며 살아왔다. 때로는 나도 모르는 사이에 마케팅의 상술과 유행, 정치적인 프레임으로 인해 나의 선호가 시기마다 바뀌고 있었다. 타인의 이익을 위해 규범이 조작된 줄도 모른 채 설득되어 살아갔다. 자신이 어떤 사람이고, 무엇을 좋아하는지 스스로에게 직접 묻지 않고 형성된 정체성은 답을 찾기 위해 외부로만 나갔다. 절대 정답이 될 수 없는 것들을 가져와 끼워 맞추려고 하니 때로는 불변의 정답을 찾은 것처럼 연극을 하면서 살아왔다. 이러한 노력이 계속될수록 본연의 모습을 통해 얻게 되는 기쁨보다는 다른 사람에게 인정받고 사랑받고자 하는 욕구만 늘어나고 늘 부족한 내 자신에 대해서 자책하는 시간만 늘어나게 된다. 주변 사람들이 쳐 주는 박수 소리에 현혹되어 환경에 휘둘리는 굴레를 갇혀 살아가게 된 것이다.

그러던 중 이전에 전혀 느낄 수 없었던 눈빛으로 나를

지그시 쳐다보는 사람을 만나게 된 것이다. 그는 다른 사람들이 응시하던 나를 치장했던 반짝거리는 훈장들을 보지 않았다. 나를 둘러싸고 있는 이력들을 철저히 무시한 채 나를 바라보고 있었다. 나를 바라보는 사막 은둔자의 시선을 따라가 보니 나도 제대로 본 적이 없었던 나의 본연의 모습에 멈춰 있었다. 처음에는 벌거벗은 모습을 들킨 것 같아 부담스러웠다. 내세울 것이 없어 초라한 모습에 부끄러워지기 시작했다. 내가 쓸모없어 보일까 봐 뭐라도 주워 입고 싶은 심정이었다. 그러나 한참 동안 계속된 그의 무언의 눈빛은 나에게 수치심을 주는 눈빛이 아님을 조금씩 깨닫게 되었다. 나의 감정에 속아 차가운 눈빛이라고 오해했을 뿐 사실은 따뜻한 기색으로 바라보고 있음을 알게 되었다. 내가 소유하고 있는 무언가로 인해 끌려진 눈빛이 아닌, 있는 모습 그대로와 마주하고 싶어 하는 그의 눈빛을 통해 더욱 잘 보이려고 자동적으로 취했던 방어기제들을 내려놓게 된다. 그의 눈빛은 그동안 힘겹게 짊어지고 다녔던 것들을 무장해제를 시켜 주고 가장 편안한 원초적인 모습으로 만들어 준다. 그를 통해 마주하게 된 나의 민낯은 내가 어떠한 사람인지에 대해서 차분하게 알려 준다. 본연의 모습과 마주하는 시간은 더 이상 외부의 인정이나 환경에 휘둘리지 않고 자신을 존중하고 사랑할 수 있는 자신으로 회복시켜 준다.

고등학교를 졸업하고 대학입시에 실패하여 재수를 하던 시절, 대학교를 졸업하고 취업이 아닌 다른 길로 가고자 준비했던 시간, 이직의 공백기 동안 가졌던 백수의 시기. 소속된 곳이 없어 내가 어떤 사람인지 대변해 줄 것이 없는 시기. 바로 이때가 비자발적일지는 모르겠지만 기존의 계급장을 떼고 나의 민낯을 볼 수 있는 사막으로 발을 들여놓는 순간이다. 나의 민낯이 공개되었을 때 이를 바라보는 타인의 시선을 통해 나는 그동안 스스로에게 얼마나 진정성을 가지고 대했는지를 점검해 볼 수 있다. 공백기의 시간은 단순히 다른 소속의 장소로 이동하기 위해 구직활동을 준비하는 기간이 아니라 본연의 모습을 보지 못하도록 방해하는 장신구를 벗어 던지고 스스로에게 정직해지는 시간이 되어야 할 것이다. 민낯의 나를 찾는 시간이 되어야 할 것이다. 그리고 있는 그대로의 모습이 가치 있음을 깨닫고 나다움을 되찾은 후 사막에서 벗어나야 할 것이다. 사막의 은둔자와 함께 모닥불 앞에 앉아 담소를 나누다 보면 그동안 나에게 붙여진 계급장들이 하나둘씩 떼어지게 된다.

요즘에도 종종 그분을 만나기 위해 깊은 사막으로 들어간다.

내 본연의 모습이 낯설지 않도록.

로드 마스터

제 타이어는
다른데요!

중동 지역을 찾은 외부인들에게 가장 이색적인 것을 꼽으라면 단연코 사막 체험일 것이다.

황토색 물감을 쏟아 놓은 듯 온 세상이 갈색으로 펼쳐져 있는 사막에 누군가가 물을 준 것 같지도 않은데도 생존해 있는 식물들이 신비롭게 수를 놓고 있다. 장렬히 내리쬐는 태양빛은 고개를 들어 푸르른 하늘을 마음껏 쳐다보지도 못할 정도의 강력한 에너지를 발산한다. 정성껏 체로 걸러낸 듯한 고운 모래를 움켜쥐어 보려고 하면 금세 손에서 빠져 나간다. 아무도 밟지 않는 눈밭에 처음 발자국을 내는 희열을 고운 모래밭에서 느껴볼 수 있다. 저 모래 언덕 넘어 무언가가 있을 것 같은 희망으로 언덕을 오르지만 동일하게 펼쳐진 광활한 사막 앞에서 자연의 웅대함을 느낄 수 있다. 잠시만 지나면 걸어왔던 발자국이 사라지면서 힘겹게 걸어왔던 과거도 묻어 버릴 수 있다. 강렬했던 태양이 저물고 나면 환했던 낮과는 극명하게 대조되는 칠흑 같은 어두움으로 변하는 곳이다. 낮 시간 동안 태양의 에너지를 받아 뜨거웠던 모래는 금세 따뜻함의 기운을 내보내고 어두움에 맞는 차디찬 온도로 바뀌어 간다. 모래 바람이 불어 하늘이 자욱하지만 않다면 쏟아지는 수많은 별들을 이불 삼아 하루를 마무리하는 잠을 청할 수 있다. 이처럼 사막은 도시의 마천루 속에서 살다가 쉼을 얻기 위해 주로 푸르른 산과 바다를 찾아갔던 사람들에게 그동안 느껴 보지 못한 새로운 활력을 줄 것이다.

이색적인 사막을 제대로 경험하고 싶다면 바퀴가 큰 사륜구동의 힘이 좋은 차량을 이용해야 한다. 그리고 어둠 속에서도 안전하게 질주할 수 있는 조명까지 장착한다면 더 많은 재미를 느낄 수 있을 것이다. 사막을 즐기기에 적합한 차량에 탑승하여 도시를 벗어나 어느 정도 달리다 보면 잘 포장된 도로의 끝을 만나게 된다. 고운

로드 마스터

모래로 뒤덮여 있는 대자연의 사막과 인간이 만들어 놓은 한계선의 경계에 닿게 된다. 이곳에서부터 본격적인 사막의 길이 시작되는데, 이곳을 들어서기 전에 꼭 해야 할 일이 있다. 우선은 포장된 도로에서 기름을 절약하기 위해 이륜구동으로 사용했던 것을 사륜구동 모드로 전환을 시키는 것이고, 그 후 타이어의 공기를 적절하게 빼야 한다. 포장된 도로에서 고속주행을 안전하게 하고 타이어의 수명을 연장하기 위해서는 타이어의 공기를 꽉 채워야 하지만 지면이 딱딱하지 않고 빠지기 쉬운 모래로 되어 있는 사막에서는 공기압을 적당히 줄여 타이어가 지면에 닿는 면적을 최대한으로 넓히고 부드러운 땅에 맞는 질감으로 바꾸어야 한다. 사막에서 질주를 하다가 자동차가 모래에 빠져 헛바퀴를 좀 돌다가도 쉽게 빠져 나오는 것을 본다면 베테랑 운전사들이 사막에 들어가기 전에 차량에서 내려 타이어 공기를 빼는 불편함을 감수하는 이유를 절감하게 된다. 이런 상태로 사막을 질주하고 나서 다시 포장된 도로로 오게 되면 이전의 공기압으로 타이어를 원상복구시킨다. 또한 중동 지역에서

뜨거운 여름을 보내고 나면 차량의 공기압을 정기적으로
점검해 주어야 한다. 여름 내내 무더운 날씨로 방치되었
던 자전거를 날씨가 좋아져 타려고 하면 타이어의 공기
가 다 빠져 있는 것을 쉽게 볼 수 있듯이 이 지역에서는
주기적인 점검이 필요하다. 그리고 강렬한 햇빛으로 지
열이 높은 이곳에서는 유독 타이어의 수명이 다른 지역
보다 짧아 항상 잘 관리를 해 주어야 한다.

중동의 아라비아 반도로 거주 공간을 옮기다 보니 관
리해 주어야 할 것은 자동차만이 아니었다. 정착 초창기
에는 새로운 거처에 정착하기 위해 해야 할 일들이 많다.
거주 비자, 집 계약, 자녀의 전학 등을 위해 각종 서류들
을 준비하고 제출하는 행정업무에 시달려야 했다. 필요
한 물건을 구입하기 위해서 어디로 가야 싸고 좋은 물건
을 구할 수 있는지 소소한 일상 정보들을 모아야 했다.
자녀들은 새롭게 바뀐 학교생활이 어떤지, 아내도 잘 적
응하고 있는지 가족들의 마음 상태를 살펴야 했다. 주변
의 이웃들과 새롭게 만난 동료들은 어떤 사람들인지 알

아가야 했다. 새로운 곳의 문화와 언어를 하나둘씩 배우면서 앞으로 살아갈 곳에 대해 배워 나가기 시작했다. 빠듯한 일정으로 일상을 보내던 이전의 습관과 새로운 곳에 빨리 적응하고자 하는 조급한 마음까지 더해져 날마다 분주하게 움직이며 살았다. 그러나 열심히는 하지만 쉽사리 지쳐 제대로 집중하지 못하는 시간이 점점 늘어갔다.

어느 날 맥을 못 추고 있는 나에게 중동에서는 이전에 살던 생활 패턴대로 살면 안 된다는 경험자의 조언을 받게 되었다. 그제야 내가 지금 달리는 도로가 이전과는 다름을 인식하게 되었다. 사실 달라진 환경에서 대해서는 이미 인식하고 있었지만 나는 기존 사람들과는 다르게 잘할 수 있을 거라고 생각했었다. 빨리 적응하고 싶은 조급함과 '나는 다르겠지.'라는 자만심은 이곳에서 대대로 내려오는 선조들의 지혜가 담긴 삶의 패턴을 무시하고 열심히 가속 페달을 밟게 만들었다. 그러고 보니 이곳에서 이루어지는 일상은 예전에 살던 곳과 달랐다. 이곳은 낮의 더운 열기를 최대한 피하기 위해서 이른 아침부터 하루를 시작하고 이르게 마무리를 한다. 관공서들은 보통 오전 7-8시에 문을 열어 1시 혹은 2시면 문을 닫았다. 일반 상점도 2시부터 4시 정도까지는 잠시 문을 닫고 휴식을 취하는 곳이 많았다. 부득이하게 외부 활동을 많이 할 경우 의식적으로 수분을 계속 섭취해 주어야 했다. 아무리 문명의 이기들이 거주자들의 삶을 이전보다 윤택하게 만들어 준다 할지라도 대자연의 섭리를 통째로 바꿀 수는 없었다. 변화된 환경에 맞게 일상의 작은 습관들도 바꾸어 나가야 했는데 그렇게 하지 않고 기존 삶의 패턴을 유지하는 고집만 부렸던 것이다.

특히 라마단 기간이 되면 모든 것이 바뀌게 된다. 이슬람력으로 아홉 번째 달인 라마단 한 달 동안 무슬림들은 해가 떠 있는 시간 동안 단식을 한다. 보통 특정 종교가 그것을 믿는 한 개인에게만 영향을 주는 것과는 달리 이곳은 라마단 기간 동안 모든 초점이 이슬람 종교 행사에 맞추어 전 사회 시스템이 변한다. 단식이 풀리는 일몰 시간까지 모든 식당이 문을 닫는다. 점심 장사를 하지 못해 막대한 손해가 생긴다고 해서 국가에 배상 요구나 영업을 할 수 있게 해 달라고 할 수 없다. 최근에는 외국인 거주 비율이 높은 곳에서는 호텔 식당이나 큰 쇼핑몰의 푸드 코트에 가림막을 쳐놓고 음식을 제공하며 타 종교 사람들을 배려하는 곳을 많이 허락해 주고 있지만, 이 기간 동안에는 무슬림이 아니어서 단식을 하지 않는 사람일지라도 공공장소에서는 음식 먹는 것을 삼가야 한다. 공공기관의 행정 일들은 라마단 한 달 동안 거의 공백이 생겨 라마단 전후로 일을 처리하기 위해 몰리는 경우가 많다. 회사들은 단축 근무로 평소보다 늦게 출근하여 이르게 퇴근을 한다.

하루의 모든 일과는 해가 지면서 하루의 금식을 깨는 '이프타르(iftar)'라는 저녁 식사 준비에 맞추어져 있다. 무슬림의 하루 다섯 번의 기도 중 일몰에 하는 네 번째 기도인 '마그렙(Maghreb)'을 알리는 '아잔' 소리가 울리면 함께 기도를 드린 후 온 가족들이 매일 저녁마다 한자리에 모여 특별한 식사를 한다. 또한 이웃과 주변의 어려운 사람들에게도 매일 음식을 나누면서 라마단을 기념하기도 한다. 식사를 마치고 차 한 잔을 마시면서 담소를 나누다 보면 금방 하루 다섯 번의 기도 중 마지막 기도 시간이 되어서 예배를 드리게 된다. 마지막 예배를 마치고 난 이후로는 자정이 넘은 새벽까지 외부 활동을 하면서 라마단 기간을 만끽한다. 만일 라마단에 익숙지 않은 외국인이라면 이 기간 동안 여간 불편한 게 한두 가지가 아니다. 한번은 다른 나라에서 이슬람 국가로 넘어가게 되었는데, 라마단 시작 날짜를 인지하지 못하고 있다가 라마단 첫날 일몰 전까지 비자발적인 단식을 하게 된 적도 있다. 특별히 사업을 하는 사람들이라면 이 기간 동안 여러 가지 일들을 진행하는 데 어려움이 생기기도 한다. 그래서 몇 번의 라마단을 경험한 사람이라면 라마단 전에 중요 일 처리를 마치려고 속도를 낸다. 그리고 라마단 기간 동안에는 무언가를 하려는 계획을 포기하고 느긋하게 현지 분위기를 맞추는 지혜를 발휘하기도 한다.

로드 마스터

라마단 기간 중 가장 마음을 불편하게 만드는 것 중 하나는 아마도 현지인들의 생활 패턴일 것이다. 새벽 늦은 시각, 때로는 동 트기 일보 직전까지 활동을 하다가 잠을 청한다. 그래서 낮 시간 동안에는 수면 부족으로 맥을 못 추거나 쪽잠을 청하는 사람이 많다. 심지어는 단식을 해야 하는 해가 떠 있는 시간 내내 잠을 자고 일몰이 다가오면 깨어나서 하루를 시작하는 사람도 종종 보게 된다. 외부자의 관점으로는 낮에는 일도 제대로 안 하면서 기력 없이 보내다가 밤에 노는 것에만 신경 쓰는 현지인들의 생활 패턴이 영 마음에 들지 않는다. 타국으로 건너와 열심히 돈을 벌기 위해 밤낮으로 일하는 외국인들에게 무슬림들의 모습은 게으르고 나태함으로밖에 보이지 않는다. 종교적으로도 거룩하게 단식을 행하는 것 같지 않아 이들의 신앙이 모순적인 것처럼 느껴지기도 한다.

한번은 라마단 기간 동안 최대한 현지인처럼 살아 보기로 마음을 먹었다. 저녁이 되면 현지인 친구들 마젤리스에 가서 함께 이프타르를 먹고 차를 마신 뒤 담소를 나누다가 그들이 하루의 마지막 기도를 드리는 것을 지켜본다. 그러고 나서는 함께 밖으로 나가 그들이 즐겨 찾는 카페에서 밤이 늦도록 이야기를 한다. 자정이 되기 전 라마단 기간 동안에만 드리는 특별 예배에 참석을 했다가 자정이 넘은 시간에 식사를 하러 식당에 간다. 그리고 늦은 새벽 시간에 귀가하여 잠을 청한다. 이것이 라마단 기간 동안 현지 친구들이 지내는 삶의 패턴이었다. 평상시 적당한 시간에 잠을 들기 시작하여 조금 이른 아침이면 자동적으로 눈을 뜨는 삶을 살았는데 현지 친구들과 하루 이틀 이렇게 지내다 보니 아침 기상 시간이 점점 늦어지기 시작했다. 오전에 생산적인 일을 하겠다고 일찍 일어나 무언가를 하려 해도 제대로 집중하지 못하고 헤롱거리는 자신을 보게 된다. 없던 다크서클도 생기고 늦은 밤에 야식을 먹고 잠도 제대로 못자서 얼굴은 부어 있고 속도 불편하고 어깨도 점점 추욱 처져서 살아가게 된다. 평상시보다 힘없이 함께 노는 아빠의 모습을 본 아이들은 아빠가 요즘 게을러졌다고 핀잔을 놓았다. 나는 부지런 사람이라고 자부하고 싶지만 솔직하고 가감 없이 말

로드 마스터

하는 아이들 눈에는 나태해진 아빠로밖에 보이지 않는
것 같다. 그런데 아이들의 눈빛에서 어디서가 많이 보았
던 눈빛을 보게 됐다. 바로 내가 그동안 현지인들을 바라
보며 못마땅하게 여겼던 눈빛을 아이들에게서 느끼게 되
었다.

사실 이 시간 동안 어느 때와 비교할 수 없을 만큼 현
지를 깊이 이해하는 시간을 가졌다. 매 저녁마다 함께 식
사를 하고 장시간 깊은 대화를 통해 현지 친구들의 과거
의 추억, 현재의 고민, 미래의 소망 등을 자세히 나누면
서 문화의 차이를 넘어 사람을 이해할 수 있는 시간이었
다. 내가 가지고 있었던 기독교적인 금식의 정의와 이들
이 가지고 있는 라마단 단식의 정의와 범주가 얼마나 다
른 것인지도 새삼 깨닫게 되었다. 그동안 머리로만 이해
하려고 했던 것을 몸소 겪고 나니 가슴으로 이해할 수 있
었다. 외부자의 관점에서 이론적으로만 이해하고 판단
하면서 다 아는 척했던 자만심을 내려놓고 반성하게 되
었다. 이들 나름의 방식으로 자신의 신앙 상태를 점검해

보고 주변 이웃들과 정을 나누는 그 자체를 배우는 기간 이었다. 만일 내가 이들의 진정한 일부였다면 라마단 기간 동안 나의 생활 패턴이 다 무너지더라도 공동체와 돈독해지는 이 시간을 놓치지 않았을 것이다. 내부자가 되어 보니 기존 생활 패턴이 무너져 나태해 보이는 내 자신은 안 보이고 축제로서의 라마단을 즐기고 있는 장점만이 부각된다. 그래서 이제는 라마단이라는 특별한 시기를 지날 때마다 한국인으로서 살아가야 하는 삶의 패턴을 조금 뒤로한 채 특별 구간을 통과하기에 적합한 타이어 공기압으로 조정을 한다.

매번 라마단을 맞이할 때마다 잘 포장된 도로를 달리다가 잠시 모래사막을 질주해야 하는 경계선에 선 느낌이다. 모래사막으로 들어서기 전 타이어의 바람도 빼고 사륜구동으로 주행모드도 전환하고 기존에 자주 사용하던 고속기어 대신 저속기어로 많은 힘을 내더라도 적은 거리를 가는 것에 익숙해져야 하는데 그렇게 하지 못했다. 중동에 처음 발을 내디뎠을 때 새로운 곳에 빨리 적

로드 마스터

응하고 싶어 기존보다 더 속도를 내며 열심을 냈던 적과 동일하다. 기존에 익숙했던 곳에서 누렸던 안정감과 그때 달렸던 삶을 속도로 달리고 싶은 마음에 새로운 곳에서 적응을 위한 가속 페달을 밟게 된 것이다. 그러나 내가 페달을 세게 밟으면 밟을수록 모래에 빠진 타이어처럼 헛바퀴가 돌 때가 많았다. 한참을 힘주어 밟았는데도 제자리에서 맴돌고 있을 뿐 아무런 진척이 없었다. 그럴 때면 마음대로 되지 않는 환경으로 인해 화가 나기 시작했다. 타이어 공기압을 조절하는 시간까지 아껴 가며 달려왔는데 예상했던 목표치보다 훨씬 못 미치는 성과를 내고 있었다. 이전처럼 자신이 스스로 통제할 수 없는 상황에서 느끼는 무력함에서 벗어나기 위해 주변 환경으로 원인을 돌리게 된다. 본능적으로 나오는 자기방어기제는 새로운 환경에서 자신의 부족한 허물과 직면하는 것을 회피하면서 타인과 외부적인 것에 비난을 돌리게 된다. 새로운 환경에서 자신을 초보자로 인정하고 겸손히 배우려는 자세로 다른 사람의 시선으로 사물을 보려는 노력을 해야 하는데 자신을 숙련자로 여기며 기존에 하던 방식대로 했던 것이다.

진학, 취업, 결혼, 육아, 이직, 실직, 갱년기, 퇴직 등 인생의 여정에서도 포장된 도로와 사막 모래의 경계선과 같이 도로의 상태가 변하는 구획들이 주기적으로 나타난다. 몇 번 지나온 과정을 되돌아보면 경계선마다 새로운 각오로 가속 페달을 더욱 힘차게 밟을 것을 다짐했었다. 그러나 그동안 인생은 가속페달만 밟으면서 점점 빨라지는 속도감과 더욱 시원해지는 맞바람만을 즐기도록 강요해 왔던 것 같다. 변경된 구간에서는 타이어의 공기도 빼고 저속기어로 속도를 늦추어야 된다고 배우기보다는 그 구간을 빨리 통과하도록 더욱 힘차게 달리라는 조언만을 받았다. 속도가 늦춰지면 혼자 뒤쳐진다는 불안감으로 가속 페달에서 발을 떼는 것에 대해 배우지 못했다. 속독으로 가볍게 읽어 내려가는 책도 있는 반면, 진도가 더디 나가더라도 중요한 원리를 정확하게 이해하기 위해서 정독하며 몇 번이라도 다시 읽어야 하는 부분이 있는데 책의 속성에 대해서 이해하지 못하고 마치 읽기를 완료한

권수에만 집착한 것 같았다.

　첫 아이가 태어나고 새 생명을 맞이하는 생애 첫 신비
로운 기쁨을 만끽했지만 육아의 현실로 인해 날이 갈수
록 그 기쁨을 누리지 못하고 신경이 날카롭게 선 적이 있
었다. 직장에서 돌아와 아이를 보았을 때는 잠시 기뻤지
만 바로 산적한 육아 관련된 일에 투입되어야 했다. 하루
종일 육아로 지쳐 있는 아내에게 위로를 해 주어야 한다
는 생각은 점점 감소하고 내 한 몸 가누기도 힘들게 지쳐
갔다. 이러한 인생의 특수 상황에서도 기존에 하던 대로
자기 계발을 위해 책도 보아야 하고, 친구들도 만나 사회
생활도 해야 하는데 그렇지 못한 현실에 점점 주변 사람
들에게 짜증이 늘어났던 것을 경험했다. 하나님의 자녀
가 되고 나서 새롭게 태어난 어린아이처럼 하나님 자녀
로 살아가는 법을 하나씩 배웠어야 하는데 기존의 하던
방식대로 살면서 정체성의 괴리로 괴로워했던 시절과 동
일한 과오를 범하고 있는 것을 보게 되었다. 인생의 특별
한 구간을 통과할 때 저속기어로 천천히 빠져 나오는 것

이 당연한 것임을 알려 주면서 끊임없이 안심을 시켜 주는 격려자가 부재했었다. 또한 이 구간에서 천천히 되씹으면서 정독하며 숙지해야 할 목록들을 받지 못했던 것이 아쉬움으로 남는다.

이제는 라마단을 통과하며 얻게 된 선물을 기억하려 한다. 비록 무슬림들이 라마단 기간 동안에 기념하는 이슬람 종교의 원래 의미와는 거리가 있을지 몰라도 인생의 경계점마다 필요에 맞는 신발로 갈아 신는 법을 알려 주었다. 그리고 타이어를 교체하기 위해 잠시 멈춰 서는 것과 저속기어로 바꾸어 늦추어진 속도로 인한 불안감을 씻어 주었다. 삶의 터전이 바뀌었는데 기존의 패턴만 고집하며 현지에 적응하지 못하고 게토화된 세상을 만드는 외부자로 살아가는 것을 방지하도록 내가 넣은 기어를 점검해 보게 된다. 때로는 급하게 밟았던 브레이크로 인한 급정거가 당혹스러움보다는 사고를 피했다는 안도감을 주듯 늦춰진 속도를 즐길 수 있는 평안함을 배우게 되었다.

다가오는 라마단.

전천후 타이어라고 믿고 있었던 자만심의 신발을 벗고,

현지인들과 서로에 대한 더욱 깊은 사랑을 정독하는

시간이 되길 소망한다.

쉴 만한 물가의
유효 기간

세계지도를 펼쳐 놓고 예전의 인구분포도를 살펴보자. 그러면 인구 밀도에 따라 어느 지역이 사람 살기에 적합한 지역이었는지 대략적으로 눈에 들어온다. 반면 매우 적은 인구 분포를 보이는 아라비아 반도는 사람들이 살기 힘들었던 척박한 땅 중에 한군데였음을 쉽게 알 수 있다. 이곳은 주로 해안선을 따라 마을이 형성되었다. 그리고 내륙 지역에서는 오아시스를 주변으로 해서 삶의 터전을 마련했었다. 나일 강, 티그리스-유프라테스 강, 인더스 강, 황하 강. 인류의 4대 문명 발상지가 거대한 물줄기를 중심으로 이루어졌듯이, 이곳 아라비아 반도에서도 예외 없이 인류 생존과 번영에 필수인 물길을 따라 사람들이 모여 살았던 것이다.

또한 사막을 횡단하며 중계무역을 하던 카라반(Caravan) 상인들도 물길을 따라 무역로를 설정했었다. 그래서 그들은 주로 해안가를 따라 이동하거나, 대륙을 가로질러 갈 경우 오아시스의 위치를 파악하여 오아시스와 오아시스를 연결하는 오아시스 루트를 이용하여 사막을 넘나들었다. 대륙 횡단 시 출발지와 목적지를 직선으로 잇는 노선을 이용하는 것이 가장 효율적이겠지만, 중간중간에 물과 음식을 공급받으면서 안전하게 목적지에 다다르기 위해서 약간의 선회를 하더라도 오아시스 루트를 벗어나지 않는 것이 더 현명하다. 사막의 대자연 앞에서 인간의 한계를 인정하고 최단거리로 빠르게 통과하기보다는 때마다 휴식을 취하면서 최종 목적지까지 안전하게 완주하는 것이 중요하다.

사막의 길을 조금만 걸어 본다면 사막의 척박함을 철저히 깨달으며 조금 전에 떠난 오아시스나 출발지로 다시 회귀하고 싶은 마음이 들 것이다. 사막에서 오아시스는 단순한 휴식처가 아닌 목적지로 가기 위한 길에 필수적으로 들러야 하는 중간 기착지인 것이다. 숨이 넘어가기 일보 직전에 도착하게 된 오아시스에서는 단지 부족해진 물품만 보충하고 바로 떠나는 것이 아니라 며칠 동안 이곳에서 머물며 충분한 휴식을 취해야만 한다. 때로는 외부에서 가져온 물품들을 거래하며 경제적 이득을 취하기 위해 장시간 머물기도 한다. 다양한 지역에서 온 사람들과 교류하며 최신 정보를 들으면서 때로는 자신의 여정을 수정하기도 한다. 이렇게 수많은 사람들이 오아시스를 거쳐 가다 보니 이곳은 자연스레 무역과 교통의 중요한 요충지가 된다. 연간 강수량이 매우 적은 사막에서 풍부한 물과 식물들로 안식처를 형성한 오아시스를 보면 신기할 따름이다.

보통 오아시스의 땅 속 깊은 곳에는 물이 모래 아래로 스며드는 것을 막고 물이 계속해서 축적될 수 있도록 돕는 암반이 있다고 한다. 육안으로는 확인할 수 없는 지면 아래에 오아시스로 물이 모이도록 형성된 암반으로 인해 거대한 물줄기가 흘러서 생명이 살아갈 수 있는 비옥

한 지대를 만들어 주는 것이다. 오아시스를 보면 지면 아래 있는 암반처럼 눈에 보이지는 않지만 지독한 삶의 여정 길에도 사람들이 살아갈 수 있도록 돕는 창조주의 손길이 느껴진다. 중계무역으로 대박 신화를 꿈꾸는 카라반 상인에게 오아시스는 무조건 들러 식량과 물을 새롭게 공급받고 쉼을 통해 다음 여정을 준비하는 필수 경유지인 것이다. 그래서 보통 사막이 고난, 난관, 장애 등을 상징한다면 반대로 오아시스는 생명, 안전, 생명 유지, 자양분, 공급, 평화로운 지역으로 표현된다.

사막의 사람들이 고난의 땅에서 생명을 유지하며 안전하게 살기 위해 그동안 붙잡고 있었던 몇 개의 큰 오아시스들이 있었다.

첫 번째, 오아시스는 부족주의 정체성이었다. 예전에 생존의 필수인 물 주변에 마을을 형성했던 것처럼 부족원들이 함께 모여 살면서 서로의 생명을 외부로부터 보호해 주었다. 척박한 곳에서 어렵게 일구어낸 터전은 언제라도 외부 세력이 생존을 위해 빼앗아야 할 침략의 대상이 되기도 한다. 그래서 부족원들은 강한 연대감 속에서 자신들이 외부로부터 약해 보이지 않도록 하였다. 이에 반하는 수치스러운 일들이 일어날 경우에는 향후 한 개인뿐만 아니라 한 부족의 생사가 달린 문제로 여기며 그 명예를 회복하는 일을 목숨같이 여기면서 살아왔다. 부족주의 정체성의 울타리 안에서 안전함을 느끼는 오아시스는 오늘날까지도 그 잔존을 찾아볼 수 있다. 중동 지역 정치에서 최대 부족 출신의 인물이 대통령이 되기도 하고 많은 부족의 지지를 받는 사람이 한 지역을 넘어 전 국가에 영향력을 발휘한다. 일부 가문은 아직도 특정 지역에 모여 살면서 그 지역 내에서는 중앙정부보다 더 막강한 권한을 행사하기도 한다. 만일 중동 출신 친구가 있다면 그 친구의 성(姓)이 무엇인지 파악해 두는 것도 좋을 것이다.

두 번째, 오아시스는 중동 삶의 구석구석에 지대한 영향을 미치는 종교인 이슬람이다. 7세기에 이슬람교가 발생한 이후 이슬람은 이 지역 사람들의 정치, 경제, 사회, 군사, 종교 등 총체적인 삶의 영향을 미치며 '움마(Ummah)'라는 공동체를 형성하게 되었다. 출신 성분과 배경과 상관없이 이슬람을 믿는 무슬림들을 하나로 묶었다. 무슬림들이 지켜야 할 5가지 의무를 행하면서 알라(Allah) 앞에서 모든 인간은 동등하며 동일한 무슬림임의 연대의식을 갖게 된다.

사업 파트너를 선정할 때도 우선시 되는 대상은 가족과 같은 부족인 형제들이며, 그 다음 선호하는 것이 이슬람 신자들이다. 또한 중동에서 살아온 사람이라면 무슬림들이 종교적 이유로 베푸는 자비와 선행으로 빚어진 오아시스를 한번쯤은 경험했을 것이다. 반대로 이슬람의 황금시대를 회복하자는 슬로건을 내세우며 현재의 어려운 삶을 극복하기 위해 잘못 해석된 특정 종교 행위(지하드)를 일삼도록 사람들을 끌어 모으며, 한때 수많은 젊은 무슬림들에게 더 나은 삶의 약속한 잘못된 오아시스로 오용되기도 하였다. 움마의 오아시스는 이슬람이 발원된 이후 시대를 초월하여 계속적으로 이들이 붙잡고 있는 생명수의 역할을 해 오고 있다.

세 번째 오아시스는 아랍민족주의였다. 1900년대 이후부터 오늘날 세계 지도에서 볼 수 있는 근대국가가 형성되기 시작하였다. 그 이전에 오스만투르크가 중동 전역을 다스렸지만, 광활한 지역을 관리하다 보니 인구도 몇 안 되고 이익이 될 만한 것도 적은 아라비아 반도에는 그리 큰 영향력을 발휘하지 않았다. 그러기에 부족 중심의 울타리가 더욱 강하게 작용하며 살아가다가 근대국가가 형성되면서부터 특정 나라 국민이라는 정체성이 심겨지기 시작했다. 그러나 아직은 생소한, 한 나라의 국민으로서의 소속감이 약했을 때, 이집트와 이라크의 지도자들은 자신을 아랍의 대통령이라고 부르며 아랍민족주의의 깃발 아래 모이도록 독려했다. 같은 아랍 민족끼리 똘똘 뭉쳐 외세에 대항하는 것이 사막에서의 생존 전략이라고 외쳤던 것이다. 그래서 특정 아랍인에게 생긴 문제는 자신의 일로 여기며 돈독한 동맹을 만들어 갔었다. 일례로

팔레스타인 지역의 동족들이 영토를 빼앗긴 일을 자신의 일로 여기며 아랍민족주의라는 같은 물을 마시며 살아갔었다.

이후 아랍민족주의가 약해지자 국가별로 고국의 정체성을 강조하는 네 번째 오아시스가 등장하였다. 아랍민족주의 동력이 떨어지고 수니-시아의 대리전격인 소모적 경쟁에 지쳐 가면서, 그동안 그들을 붙잡고 있었던 거대담론보다는 실질적인 이익과 자신들을 보호해 줄 수 있는 소속 국가에 희망을 두기 시작했다. 이런 변화는 그동안 아랍 민족과 종교적 종파를 지지하기 위하여 개인의 삶의 희생을 당연시 여겼던 것에 물음을 던지기 시작했다. 이제는 몇몇의 지도자들이 주장했던 대의적인 명분을 포기하고, 개별 정부를 향해 자국민들의 삶을 돌아볼 것을 촉구하는 항의 문구를 들고 거리를 나서는 시민들을 보면서 이들의 변화를 감지할 수 있다. 특별히 상대적으로 늦게 국가가 형성된 아라비아 반도의 나라들은 국가가 설립된 국경일(National Day)을 성대한 축제로 기념하도록 아낌없이 투자를 하고 있는데, 이것을 통해서 그 나라 국민인 것을 자부하며 애국심을 고취해 주고 있다. 이제는 소속 국가가 이들을 지켜 주는 거대 부족이 되어 하나의 오아시스가 형성되고 있다.

한편 북아프리카에서는 국민들에게 아무런 보장을 해주지 못하는 부패한 정부를 향해 반기를 드는 개인들이 일어났다. 대다수의 국민들은 가난에 허덕이고 있는데, 소수 지도층만의 배만 불리는 국가의 오아시스는 더 이상 필요 없음을 깨닫고 개인별 생존을 위한 또 다른 오아시스를 만들기 위해 반발이 일어났다. 이들은 자신들을 보호해 줄 것 같았던 국가로부터 탈출하여 또 다른 오아시스로 찾아 유랑을 떠난다. 2018년에 발표한 Arab Youth Survey의 결과에서 아랍 젊은이들이 가장 살기 원하는 곳과 자신의 고국이 닮아 갔으면 하는 나라에 아랍에미리트가 선정되었다. 젊은이들이 아랍에미리트를 선망의 대상으로 꼽은 이유는 살기 안전할 뿐만 아니라 넉넉한 임금과 다양한 일자리를 얻을 수 있는 기회가 있기 때문이라고 답했다. 기존의 오아시스들이 이제는 더 이상 제 역할을 못하게 되자 새로운 안전지대로 자리를 옮겨 가고 있는 것이다.

불과 반세기 전만 하더라도 소수의 토착민들이 주로 살던 아라비아 사막에 검은 물줄기의 발견과 개발로 오일 머니가 풀리자 거대한 오아시스로 개발되며 수많은 외지인들이 몰려들기 시작했다. 고국을 떠나 낯선 곳에서 살아야 하는 불편함이 있지만 기존의 오아시스를 포기하고 얻게 될 기회비용이 월등히 높을 것을 기대하기에 자리를 옮긴다. 이곳은 일자리를 찾기 힘든 본국보다 더 많은 기회가 열려 있다. 또한 본국보다 훨씬 많은 임금을 손에 쥘 수 있는데 세금까지 면제이다. 분야에 따라 다를 수 있겠지만 심지어는 명성 있는 업체에서도 쉽게 좋은 경력을 쌓을 기회를 얻을 수 있다. 다국적인들과 함께 일하면서 다문화를 경험하고 외국어도 향상시킬 수 있다. 자녀들에게도 다문화 속에서 영어를 교육시킬 수 있는 장점도 있다. 몇 년 동안 모은 돈으로 본국에 집과 가게를 사고, 심지어 땅에 건물까지 짓는 제3국 친구들도 보게 된다. 이 오아시스 도시를 중간 기착지로 아주 잘 활용하며 방문하는 사람들이 많다. 비록 인공으로 만들어졌지만 이러한 이유들로 인해 매력적인 사막의 오아시스에 수많은 사람들이 매년 유입되어 폭발적인 인구 성장을 해 왔다.

더 많은 외국인들의 투자와 방문을 위해 각종 유인책을 계속적으로 발휘하고 간절한 소망을 갖고 어렵게 거주비자를 획득하여 입성하게 된 오아시스이지만 그래도 여전히 외지인으로서 타지에서 사는 것은 쉽고 좋은 것만은 아니다. 월급이 많은 만큼 기본 생활비도 많이 든다. 정신을 바짝 차리지 않으면 많이 번 돈을 이곳에서 다 쓰고 남는 것 없이 이 오아시스를 떠날 수도 있다. 거주비자 취득도 힘든데 비자비용은 머무는 연 수에 비례하여 금액을 지불해야 한다. 세금이 없다고는 하지만 늘어나는 각종 행정비용과 범칙금이 간접세처럼 세수를 거둬들이는 역할을 한다. 월급은 본국보다 높은 수준이지

로드 마스터

만 인종과 직종으로 경제 계급화가 심화된 분위기 속에서 살아가야 한다. 기대했던 것만큼 자녀들에게 양질의 교육을 시킬 수 없는 국제학교의 수준을 보게 된다. 특별히 엄청난 혜택을 누리는 현지인들로 인해 상대적 박탈감을 느끼게 된다. 외국인은 절대로 시민권을 취득할 수 없는 구조로 이 오아시스에서 이등 시민으로 살다가 언젠가는 본국으로 돌아가야 한다. 경제적 보상만 아니라면 빨리 이곳을 떠나고 싶은 마음도 자주 든다. 희망과 기대 속에서 어렵게 찾아온 오아시스지만 어느 때부터인가 오아시스와 현지인들에 대해 불평을 하기 시작하였다. 아무리 좋은 오아시스라도 이곳에서 나만의 영원한 터전으로 만들 수 없다는 한계는 체념을 안겨 준다.

그러나 기억해야 할 것은 오아시스가 아무리 좋을지라도 잠시 머물다가 다음 목적지를 향해 떠나가야 하는 임시 처소라는 것이다. 방문객들은 외부에서 가져온 물건들을 교환하며 서로의 필요를 채우고 다음 여정을 위한 채비가 끝났다면 떠나야 할 것이다. 그러나 만일 오아시스의 주인들이 원하지도 않았는데 외지인들이 이 오아시스에서 장기 거주를 위해 둥지를 트고 주인 행세를 하기 시작한다면 친절했던 원래 주민들은 자신들의 터전을 지키기 위해 적으로 돌변할지도 모른다. 한 오아시스가 감당할 수 있는 인원이 넘어가면 이들은 생존의 터전을 잃어 죽을 수도 있으니 아무리 이전에 좋았던 관계라도 생존 앞에서는 그 관계를 끊는 결단을 하기도 하는 것이다.

이런 오아시스의 특징을 이해하고 나면 현지인들의 야속한 행동이나 정책 등이 조금은 이해가 된다. 갑자기 외지인들의 급격한 유입으로 현지인의 비율이 절반도 넘지 못하는 상황에서 자신들의 수보다 더 많은 인구수의 외국인들이 돌변하여 이 오아시스를 빼앗아 버린다면 현지인들은 순식간에 오갈 데 없는 고아 신세가 될 수도 있다. 외국인들은 돌아갈 고국이라도 있지만 이들에겐 이곳이 전부이다. 외국인들이 많아서 도시에 활력을 가져다주는 것은 좋기도 하지만 현지인의 입장에서는 주객이 전도될 수 있다는 불안감이 항상 있을지도 모르겠다. 척

로드 마스터

박한 사막임에도 이곳을 찾게 해 준 검은 물의 효력이 떨어지면 외국인들을 붙잡아 둘 동력이 사라지고 예전처럼 척박한 땅에서 자신들만 살아갈지 모른다는 걱정도 있을 것이다. 언제든 다른 오아시스로 떠날지도 모르는 외국인들이 하는 일들을 자신들도 대체할 수 있도록 준비해야 할 것이다. 그래서인지 국적별 거주비자 할당제를 만들기도 하고 각종 혜택과 규제를 잘 이용하여 소수가 다수를 다스릴 수 있는 방어책을 만드는 것은 당연한 일인 것이다. 이곳을 방문해 준 외국인들을 배려해 주고 친절을 베풀고 싶기도 하지만 이를 악용하는 일부 외국인들로 인해 차라리 거만하다는 오해를 받을지라도 다른 외국인들 앞에서는 목에 힘을 주고 살아가야 될지도 모르겠다. 외지인으로서 살면서 불편하고 때로는 부당하게 느껴지는 신생 오아시스의 정책들이 현지인들 입장에서는 자신들의 오아시스를 안전하게 보존하려는 지혜가 될수도 있을 것이다.

　이런 모든 상황을 오아시스 주인의 시선으로 바라본

다면 이들의 매몰찬 행동들을 이해할 수 있게 된다. 만일 내가 오아시스의 주인이라면 지금 내가 불평하고 있는 것보다 더 심한 것을 타국인들에게 하고 있을지도 모르겠다. 오아시스의 특징을 다시 한번 기억하며 나는 외지인으로서 이곳에서 적당한 시기 동안 함께 상생하다가 떠나야 할 사람인 것을 되새기며 이곳에서 주인 행세하려는 마음을 내려놓게 된다.

우리의 인생길도 수많은 오아시스를 거쳐 가는 나그네와 유사하다. 최고의 중간 기착지에서 다음 여정을 준비할 수 있도록 최상의 오아시스만 거쳐 갈 수 있는 루트를 짠다. 일부 부모들은 더 좋은 오아시스인 학교에서 다음 여정만 준비할 수 있다면 어떠한 사막도 두려워하지 않고 자녀들을 끌고 횡단하기 시작한다. 그들은 현재 어떤 오아시스에서 얼마나 깨끗한 물을 마시고 영양가 있는 음식을 취하느냐에 따라 그 다음 더 좋은 오아시스에 갈 수 있는 힘이 길러진다고 믿는다. 그래서 무리를 해서라도 좋은 학교 주변으로 이사를 하고 방학이면 최고의 학원가에 잠시 머물기 위해 임시 거처를 찾기도 한다. 그들은 최고의 오아시스로 이동시키는 진학률을 뽐내면서 자신들의 명성을 과시하며 더 큰 오아시스로 만들어 가는 곳으로 몰려든다. 다음 여정은 좀 더 명성 있는 대학과 미래가 밝을 것 같은 학과로 이어진다. 그 다음은 아마도 혜택이 많을 것 같은 대형 오아시스나 국가에서 운영하여 직영 오아시스로 옮기는 것을 선호하게 된다. 현재 있는 오아시스는 다음의 기착지에 지대한 영향을 주기에 현재 머물고 있는 곳에 대한 평가는 끊이지 않는다. 지금 내가 머물고 있는 오아시스를 최고 평점을 주면서 만족을 하고 있다면 아무런 문제가 없을 것이다. 그러나 자신이 있는 오아시스에 만족하지 못한다면 어떻게 해야 하나? 다른 곳으로 가지 못한 것에 대해 자책하며 후회를 하면서 빨리 이곳을 떠나 다른 곳으로 옮기고 싶은 마음으로 가득하다면 어떻게 해야 할까?

이러한 불만족은 현 오아시스를 즐기지 못하게 만들고 우리를 조급함과 불안감에 몰아넣는다. 빨리 이곳을 떠나서 좋은 곳으로 옮겨가야만 한다는 조바심을 불러일으킨다. 그러나 실제 사막 횡단의 여정 길에서는 한번 오아시스에 도착하면 최소 쉬어야 하는 기본 시간이 있다. 그리고 다음 여정의 거리가 길다면 그에 맞는 준비 시간도 길어질 것이다. 제대로 쉬면서 다시 정상 컨디션으로 끌어 올리지 않고 조급함에 앞서 길을 떠난다면 다시 가는 발걸음은 금방 무거워질 뿐만 아니라 잘못하면 영원히 돌아올 수 없는 길을 갈 수도 있을 것이다. 혹은 가던 길을 멈추고 다시 기존 오아시스로 돌아와서 재정비를 하며 이중적으로 시간을 사용하게 될지도 모르겠다. 이렇듯 광활한 대자연의 땅은 급하게 떠나고자 하는 인간의 조급함을 자제시키고 지금 있는 오아시스를 찬찬히 둘러보게 만든다. 다음에도 이 길을 지나갈 수도 있겠지만 보통 이 오아시스만을 다시 보기 위해 재방문하지는 않기 때문에 이곳에서만 경험할 수 있는 모든 것들을 누려 보도록 해야 할 것이다.

요충지인 오아시스에 있다 보니 많은 사람들을 맞아들

로드 마스터

이고 떠나보내게 된다. 수많은 사람들이 동일한 기착지에 잠시 안착을 하였지만, 이곳까지 온 배경과 경로는 셀수 없이 다양하다. 또한 수많은 외지인들을 스쳐 보냈던 오아시스 주인들로부터 이야기를 들어보면 사막에는 정말 다양한 루트가 있음을 상기시켜 준다. 그동안 바로 앞에 놓인 최고라고 여겨지는 특정 오아시스에만 집착하면서 한 길만 고집했던 우물 안에서 나와 밖을 보게 해 준다. 궁극적으로 도달하려는 목적지에 가기 위해서는 다양한 길이 존재하며 차선의 길이라고 저평가되었던 길도 그리 나쁘지 않음을 알려 준다. 아니 어쩌면 다른 사람들에게는 차선이라고 여겨졌던 길이 나의 실정에는 최고의 여정 길이 될 수 있다는 확신을 얻기도 한다. 아마도 수많은 사람들을 지나쳐 보내면서 점검해 볼 수 있는 자료들이 축적되다 보니 거시적인 안목이 생기게 된 것 같다. 그래서 현지인들과 이야기하다 보면 나의 체력과 선호에 따라 맞춤 루트를 재설정해 주기도 한다. 현지인의 지혜에 따라 주류의 무리들이 가는 길에서 빠져나와 자신만의 루트를 선택한다면 나에게 더 적합했던 맞춤 루트가 있었음을 깨닫게 될 것이다. 중간 기착지로 인해 우리의 다음 인생이 정해지는 것이 아니라 이곳에서 어떻게 보내느냐가 궁극적으로 인생의 미래를 결정하게 된다는 것도 새삼 느끼게 된다. 오아시스는 목적지를 향해 가는 길목에 있는 중간 쉼터일 뿐 우리 인생을 평생 좌지우지하는 꼬리표가 아님을 기억하게 된다.

쉴 만한 물가. 오아시스.

끝이 보이지 않는 어둠의 기나긴 터널에서 희미하게 새어나오는 빛과 같은 곳이다.

지난 시간 통과해 온 여정 길에 대해 감사함으로 매듭을 짓는 곳이다.

지면 아래 보이지 않는 암반의 신비를 통해 창조주의 신비에 감탄하는 곳이다.

그동안 겪어 온 무용담을 통해 외부 소식을 오아시스 주민들에게 전해 주고, 그들의 지혜를 얻어 가는 담소가 있는 곳이다.

나에게 가장 적합한 다음 여정을 설정해 줄 수 있는 지역 전문가를 만나야 하는 곳이다.

쌓였던 피로가 오아시스가 주는 안식으로 다음 여정에 대한 기대감으로 바뀌는 곳이다.

영원히 취하고 싶은 오아시스를 향한 사랑을 끊고 주인에게 다시 돌려주어야 하는 청지기에 대한 가르침을 주는 곳이다.

주변인들에게 안식을 주는 오아시스와 같은 인생을 꿈꾸며 최종 목적지로 새로운 발걸음을 시작하는 곳이다.

최고라고 여기는 기존의 오아시스 루트만 맹목적으로 쫓아가는 사람이 되기보다 어느 오아시스이든 나에게는 최고의 오아시스로 평가되는 시간으로 만들어 가는 사람이 되었으면 좋겠다.

천 원짜리 낙타 한 마리,
십 억짜리 생수 한 병

"9시 출근, 5시 정시 퇴근. 정년이 보장되는 평생직장을 원하신다면 의과대학에 입학하여 의료인이 되는 것은 어떠신지요? 졸업 후 월급이 300불로 조금 적은 금액이지만, 이 지역 최저생계비는 보장받아 사는 데 큰 불편함은 없습니다."

구 사회주의 국가의 대학입학설명회가 있다면 의과대학 지망생들에게 이렇게 소개할 수 있지 않을까 생각된다. 옛 소비에트 연방국으로 의료 봉사를 갔을 때 느꼈던 것이다. 그곳은 누구나 기본적인 의료 혜택을 무상으로 받을 수 있도록 사회 시스템이 구축되어 있었다. 환자들은 누구든지 진료를 받을 수 있는 이상적인 곳이었다. 그러나 그 이상의 뒷면에는 아쉬움도 컸다. 정말 기본적인 진료만 하다 보니 근본적인 치료는 제대로 하지 못한 채 최소한의 처방만 하고 있었다. 그러다 보니 의료 봉사 시에 만났던 현지 환자들은 진료를 받지 못해 찾아오는 초진 환자가 아니라 대부분 자국 병원에서 해 준 처방이 제대로 된 것인지 확인 차 오는 분들이 대부분이었다. 처방을 받고도 호전이 되지 않아서 기존의 처방보다 더 좋은 방법은 없는지 알아보기 위해 찾은 것이다. 몇몇 환자의 경우 기본 진료 외에 더 이상 치료를 해 주지 않아 병세가 악화된 분들도 있었다. 기본적인 진료도 받을 수 없는 저개발국가에서는 부러움을 살만한 환경일지는 모르겠지만, 근본적인 치료를 받지 못한 환자들이 낫고자 하는 간절한 마음만은 어디든 동일한 것 같다.

잠시의 방문으로 한 지역을 평가한다는 것은 조심스러운 일이지만, 그곳 의료인들이 갖추고 있는 의료 지식은 상대적으로 상당히 낮았으며 의료계의 구조적인 이유로 필요함량보다 매우 적은 약을 처방할 수밖에 없는 그곳의 현지 상황도 알게 되었다. 그러다 보니 환자들의 치료가 제대로 되지 않아 같은 증상이 재발되는 경우가 부지기수이다. 또한 제도적인 한계로 인해서 의료인들도 환자들의 병을 낫게 하는 것에 집중하기보다는 찾아온 사람들을 의무적인 민원을 처리하듯 해결하는 느낌을 받았다. 환자를 제대로 치료하기 위해서는 자신의 사비를 털어서 진료를 하거나 아픈 환자를 붙잡고 고국의 잘못된 의료체계에 대해서 하소연을 해야 할지도 모르겠다. 그곳의 모든 의료인들이 다 그런 것은 아니겠지만, 상대적으로 의료혜택이 낙후된 곳에 자신들의 휴가와 사비까지 들여 진료를 해 주러 결단하고 길을 나선 의료인들과는 사뭇 다른 분위기였다. 그들의 태도를 평가하기보다 '내가 그런 환경에 있는 의료인이라며 어떻게 했을까?'라는 이입을 해 보게 된다.

'내가 수고한 만큼 경제적 보상이 제대로 이루어지지 않는 것 같은데, 그래도 여전히 열정을 가지고 일을 할 수 있을까? 제도의 취약함으로 제대로 진료할 수 없는 상황이 오랜 기간 지속되더라도 매너리즘에 빠지지 않고 날마다 내가 할 수 있는 최선을 다 할 수 있을까? 환자들을 병원 유지를 위해 수익을 내주는 숫자로 보지 않고 아픔을 낫고자 간절함으로 찾아온 한 명의 인격체로 매번 대할 수 있을까?'

의과대학 및 의료전문대학원에 진학하고 싶은 학생들과 만날 때마다 "만일 우리나라의 상황이 이곳과 같다면 그래도 의사가 되고 싶니?"라는 질문을 던진다. "어렵게 대학에 입학하고 힘들게 전문의가 되는 과정들을 다 마쳤지만 경제적인 보상이 다른 직업보다 월등하지도 않아도 괜찮겠니? 때로는 구조적인 한계 때문에 제대로 된 진료를 하지 못하는 안타까운 상황 속에서도 할 수 있는 최선의 진료로 수많은 환자들에게 희망을 주는 것에 보람을 느끼며 살아갈 수 있겠니?"라고 물어본다.

우리는 앞으로 어떤 환경 속에서 살아갈지 모르는 4차 산업혁명 시대의 문턱 앞에 서 있다. 사실 그동안 이름만 바뀌었을 뿐, 예상하기 힘든 변화와 혁신적인 미래는 늘 우리 앞에 놓여 있었다. 몇 년 전만 해도 취업과 고수익이 보장되어 인기가 하늘을 치솟았던 대학전공이 경제구조의 변화로 인해 취업하기 힘든 분야로 바뀌자 모집인원이 미달되는 것을 볼 수 있었다. 또한 문제아로 취급되던 게임중독자 같은 아이들이 프로게이머로 명성을 날리며 전세 역전을 하기도 한다. 하라는 공부는 안 하고 이상한 옷차림에 시끄러운 음악에만 미쳐 살던 친구들이 갑자기 힙합 가수로, 방 안에 틀어박혀 장시간 컴퓨터 앞에서 시간만 허비하던 친구들이 유튜브 크리에이터로 엄청난 인기와 고수익을 누리게 되면서 모든 어린아이들의 우상이 되기도 한다.

변화되는 산업구조로 인해 "아빠처럼 이런 일을 하면 평생 잘 살 수 있다."라는 말은 시대착오적 발언이 되어버렸다. 그럼에도 불구하고 현재 어느 직업군에서 얻을 수 있는 경제적 여유와 사회적 지위 등 부수적인 것에 현혹되어 그 직업군에 들어가고자 자신의 인생과 자녀의 미래를 투자하기도 한다. 부와 명예를 좇는 것을 꼭 나쁘다고 말할 수는 없지만, 어떻게 될지 모르는 변화무쌍한 미래에 평생 해야 할지도 모르는 본질적인 일보다 그것을 통해서 얻을 수 있는 부수적인 것만 바라보고 그 일을 택했다가는 큰 낭패를 볼 수도 있을 것이다. 그러기에 반짝이는 테마주가 쪽박을 차게 만드는 낚시성 광고는 아닌지 꼼꼼히 살펴보아야 할 것이다. 이런 점검을 통해서 우리는 어떠한 직업관을 갖고 있는지 자문해 보게 된다. 더불어 나는 무엇에 가치를 두며 선택에 영향을 받고 있는지를 살펴보게 된다.

1980년대에 출판된 『Who switched the price tags?』라는 책이 있다. 이 책에서 저자는 한 가지 재미있는 상황을 가정하여 이야기를 전개하고 있다. 늦은 밤 도둑들이 백화점에 몰래 들어가 값비싼 물건이나 현금을 훔치는 것 대신에 백화점 상품에 붙어 있는 가격을 떼 다른 상품에 뒤죽박죽 붙이고 유유히 빠져 나온다. 만일 이런 일이 실제로 벌어진다면 바뀐 가격표로 인해 엄청난 대혼란을 겪게 될 것이다. 고가의 명품 가방 하나를 장만해 보려고 며칠을 고민하다가 큰마음을 먹고 백화점에 나선 사람이 믿을 수 없이 저렴해진 가격을 보고 충동적으로 구매할 수도 있을 것이다. 그는 비싼 물건을 싼 가격에 구입하여 돈이 굳었다고 좋아한다. 콧노래를 부르며 생필품 코너에 갔는데 늘 사던 물건들이 평상시와는 달리 어마어마한 금액으로 올라 있었다. 믿기가 힘들어 직원에게 재차 가격을 확인하였는데 직원도 전날과는 상당한 차이를 보이는 가격에 어리둥절하며 어쩔 줄 몰라 한다. 이렇게 변경된 가격표로 인해 직원과 고객 모두가 혼란에 빠지면서 아수라장이 되어 버린 것이다.

이와 비슷한 일은 해외에 방문할 때면 종종 경험하게 된다. 중동 지역에도 본국과는 사뭇 다른 가격표가 동일 품목에 붙어 있는 것을 다수 발견한다. 그중 가장 큰 가격 차이를 보이는 것 중 하나는 세계 최고 매장량을 자랑하는 석유이다. 석유와 관련된 상품을 사용하는 것에 있어서는 본국과는 전혀 다른 풍경이 연출된다. 기름 한 방울 안 나는 우리나라에서는 어떻게든 에너지를 절약하

로드 마스터

기 위해 심혈을 기울인다. 여름철에는 실내 적정 온도를 정하고 그 이하로 냉방하지 말 것을 권유한다. 겨울철에는 난방비를 절약하고자 여러 가지 팁들을 공유하고 실천한다. 또한 휘발유에 높은 세금을 부과하면서 개인 차량 운행을 최소화하도록 하며 대중교통을 이용하도록 유도한다. 반면 상대적으로 휘발유 가격이 저렴한 중동 지역에서는 석유 사용이 관대하다. 여름철 실외는 연일 50도에 육박하는 무더위이지만, 실내는 얇은 긴팔 옷을 입어야 할 정도로 시원하게 냉방을 한다. 냉방이 없어도 시원한 겨울철에도 24시간 에어컨을 켜는 곳을 쉽게 방문할 수 있다. 디젤이 오히려 비싸기에 8기통 엔진의 차량도 모두 휘발유를 주유하는 차량으로 만들어진다. 한국에서 사람들을 만나면 '밥 한번 먹자.'라는 말을 쉽게 건네는데, 외식비가 비싼 중동에서는 식사를 사겠다는 것보다 차량으로 어디든 라이드를 해 주겠다는 말로 대신한다. 이렇듯 달라진 상품의 가격은 물건에 대한 가치를 달리 매길 뿐만 아니라 생활 패턴에도 변화를 가져다준다. 또한 비싼 물건들이 진짜로 나에게도 그만큼의 가치가 있는 귀한 것들인지에 대해서도 생각해 보게 한다.

　기존 가치 체계와의 극명한 차이는 생사의 기로에 선 사막 한복판에서 더욱 분명하게 일어난다. 다음은 중동의 사막 횡단에 대한 일화 중 하나이다. 한 사람이 물과 꿀이 담긴 병 두 개를 들고 사막을 횡단하고 있었다. 사막에서 물은 생사와 직결된 것이지만, 다음 오아시스에 가면 무료로 쉽게 얻을 수 있는 것이다. 꿀은 오랜 횡단 길로 지친 몸에 당을 보충해 주며 허기진 배를 달래 주고 에너지를 공급해 주는 고가의 제품이다. 한참을 걸어 왔지만 아직도 갈 길이 먼 상황에서 물이 담겨진 병에 금이 가서 물이 조금씩 새기 시작했다. 이를 발견한 여행객은 얼른 비싸게 구입한 꿀을 버리고 그 병에 물을 옮겨 담는다. 이전에 꿀을 사기 위해 지불한 돈을 생각하여 아까워서 버리기를 조금이라도 머뭇거린다면 물은 깨진 틈 사이로 흘러 다 없어질 것이다. 사막에서 생존의 시간을 더 길게 연장시켜 주는 물을 사수하기 위해서는 값비싼 꿀일지라도 과감하게 버리는 용단이 필요하다. 그 순간 기

　　　　　　　　　　　　　　　로드 마스터

존의 가치 체계를 즉각적으로 버리지 못하고 주저한다며
생명을 잃을 수도 있다. 세상이 부여한 숫자로만 환산하
며 가치를 매기는 기존의 틀을 당장 버려야 한다.

또한 사막 한복판에서는 버릴 것 하나 없는 유용한 동
물인 고가의 낙타 한 마리와 물 한 병도 서로 맞교환을
할 수 있다. 낙타는 눈썹이 길고 콧구멍을 자유자재로 닫
기도 하면서 어떠한 모래바람이 불어도 영향을 받지 않
고 길을 갈 수 있다. 넓적한 발가락은 모래 길을 빠지지
않고 걷기에 유용하다. 사막에서도 간혹 볼 수 있는 가시
식물이나 건초 같은 것을 먹고, 이를 혹에 지방으로 저장
하여 물과 식량 없이도 오랜 기간 버틸 수 있다고 한다.
또한 많은 물건을 싣고 이동할 수 있어 사막 이동에 가장
적합한 동물이다. 이러다 보니 요즘에도 낙타는 매우 고
가의 동물이다. 극진한 대접을 해 준다고 기르던 양을 잡
아 대접을 받아 본적은 몇 번 있으나, 낙타고기는 부잣집
결혼식에서나 주로 볼 수 있을 정도로 귀한 것이다. 낙타
가죽은 담요나 겉옷으로도 만들어 사용하는데 매우 얇아

가벼우면서도 보온이 아주 뛰어나다. 한번은 겨울철에 현지인 친구와 야외에서 모닥불을 피우고 담소를 나누고 있을 때 추워하는 나에게 낙타 담요를 가져다주었다. 그러면서 낙타는 버릴 것이 하나 없는 동물이며, 이 담요가 얼마나 비싼 것인지를 귀가 아프도록 자랑하였다. 이런 중요하고 값비싼 물품인 낙타와 그 흔한 물 한 병이 맞교환될 수 있는 곳이 사막이다. 다음 오아시스까지 언제 도착할지 모르는데 마실 물까지 떨어졌다면, 그리고 설상가상으로 심한 탈수 증상으로 생사의 위기 상황에 놓이게 된다면 소유물에 대한 가치는 다 뒤바뀔 수 있다. 꿀과 낙타가 아무리 비싼 물품일지라도 탈수로 인해 생명이 위급할 수도 있는 상황에서는 그 흔하고 값싼 생수 한 병의 가치는 어마어마해진다. 분명 한 모금의 물을 마신 후 정신을 차린 뒤에는 그런 결정에 대해 후회할 수도 있겠지만, 그 순간 나중에 할지도 모르는 후회에 대한 미련을 버리지 못한다면 나중의 삶은 결코 맛보지 못할 수도 있을 것이다.

로드 마스터

이러한 사막의 극한 환경으로 인해 중동 지역에는 타인의 생명을 중시하고, 위험에 처한 사람을 돕는 훌륭한 전통이 있다. 옛날 한 부족끼리 공동체를 이루어 살던 시절, 부족들은 생명의 젖줄과 같은 오아시스나 해변가를 중심으로 터전을 마련하였다. 부족별로 공동체를 이루어 살아가다 보니 다른 부족과 교류하기 위해서는 장시간 혹은 며칠 척박한 사막 땅을 통과하여 이웃 부족 마을에 방문해야 했다. 그래서 간헐적으로 찾아오는 손님들은 외부의 소식을 전해 듣고 교류할 수 있는 중요한 통로가 되었다. 외부에서 손님이 왔을 때 그로부터 빨리 외부의 소식도 듣고 싶고 그가 가지고 온 물품들을 보면서 교환하고 싶은 마음이 들지라도 먼 여정 길을 온 손님이기에 피로를 잘 풀 수 있도록 지극 정성으로 대접을 한다. 그리고 그가 어느 정도 회복을 한 뒤에서야 비로소 방문한 목적을 묻는 인내를 발휘한다. 그리고 다음 여정을 잘할 수 있도록 모든 편의를 제공해 준다. 또한 사막 한복판에서 어려움을 당한 사람들을 만난다면 그들을 돕는 것에 결코 주저하지 않는다. 심지어 자신들의 터전을 정복하기 위해 정탐을 하러 온 원수 같은 타 부족원이 쓰러진 것을 발견할지라도 자신의 마을로 데리고 와서 음식을 제공해 주며 최소 3일 동안은 기력을 회복할 수 있는 시간을 주었다고 한다. 아무리 자신을 해칠 가능성이 있는 상대일지라도 그 사람의 생명을 무엇보다도 중시하는 사막의 문화가 있다.

이런 전통이 계승되어서 그런지 오늘날에도 중동 지역에서는 사람을 중시하는 이들의 전통을 경험할 수 있다. 중동 현지인의 가정을 무작정 방문하더라도 차 한 잔 혹은 식사까지 잘 대접해 주면서 환대해 주는 것을 쉽게 경험할 수 있다. 심지어는 초면임에도 불구하고 자신의 안방까지 내어주며 하룻밤 묵어 갈 것을 권유하기도 한다. 또한 아라비아 반도 국가들의 병원 응급실에 생명이 위급한 사람이 오게 되면, 환자의 국적, 거주 비자의 유무 그리고 치료비를 낼 경제적 능력과 상관없이 무조건 진료부터 하며 진료비 전액을 무상으로 해 준다. 어느 지역은 환자의 상태가 심각하여 중환자실에서 회복할 때까지도 무상으로 진료를 해 주고 어느 정도 회복이 되어 일반

실로 옮길 정도가 되면 그때부터 진료비를 청구하는 곳도 있다.

사막은 기존에 당연시 여기며 익숙했던 것과 달리 생소한 가격표가 즐비한 곳이다. 공급과 수요 곡선이 만나는 점에서 가격이 결정되는 불변의 경제이론이 적용되지 않는다. 이익 극대화라는 실리주의 경영철학이 무너지는 곳이다. 경제적 논리로 매겨진 가격표로 나의 선호와 가치가 동일시되게 강요받던 분위기로부터 자유를 얻게 되는 곳이다. 그러다 보니 나만의 가격표로 새롭게 라벨링 작업을 하게 된다. 특히 그동안 수치로 되어 있지 않아 상대적으로 저평가 되고 무시했던 무형의 가치들에 대해서도 새롭게 정리를 해 보게 된다.

'생명, 가족, 사랑, 우정, 배려, 위로, 격려, 정직, 믿음, 겸손, 용서, 책임, 정의, 동기, 추억…….'

무형의 가치들은 가시적으로 가치가 표시되지 않았기

에 언제든지 뒷전으로 밀려나기가 일쑤였다. 당장의 이익과 결과물을 가져다주지 않는 것에 대해서는 하찮게 여기는 습관이 몸에 배어 있었다. 그러나 갈증이 타들어 가는 광활한 사막에서 생명을 붙잡기 위해 하찮게 여겼던 물 한 병을 잡기 위해 간절하게 손을 뻗어 보니 모든 것이 다시 보이기 시작한다. 물 한 병을 잡기 위해 그동안 움켜잡고 있었던 것들을 자연스레 놓게 되니 그동안 어리석은 가치 평가 기준표에 의해서 살아왔음을 보게 된다. 이전에 움켜쥐고 있었던 손에는 세상에서 매긴 큰 숫자들만을 쫓아가도록 강요된 세대의 흐름이 있었다. 또한 효율과 더 나은 결과를 위해서라면 어떠한 무형의 가치도 희생되어도 괜찮다고 정당화시킨 것들도 있었다. 그리고 분별없이 거대 흐름을 맹신하고 따라가면서 병들어 있는 나의 가치관과 성품도 있었다. 이것을 버리고 마신 생수 한 모금은 단순히 목마름을 해소하는 육체적 필요뿐만 아니라 그동안 변질되었던 나의 가치관과 성품이 재생될 수 있는 생기를 불어넣어 주는 생명수 같았다. 이제는 뒤죽박죽이 되어 버린 기존의 가치 체계를 버리고 저평가되었던 것들에 새로운 가격표를 붙이게 된다. 사막에서 새로운 가치 체계를 정립하기 위해 몸부림쳤던 세월들은 비록 이력서에 한 줄도 기입할 수 없는 무가치한 시간처럼 여겨질 수도 있겠지만 이곳에서 정리된 것들은 목적지까지 올바르고 건강한 방법으로 완주할 수 있도록 안내해 주는 나만의 비밀 장부를 만든 시간이 되었다.

세상의 어떠한 것보다 귀한 생명.
그 생명을 연장시켜 준 소중한 생수 한 모금.
생수 한 모금이 알려 준 비밀.
이제는 그 비밀을 나누는 자로 살아가자.

탐스러운 선악과를
따 먹는다면

일주일 넘게 장렬한 태양빛을 받으며 2리터짜리 물통 하나에 의지하면서 걸어왔다. 이제 더 이상 한 걸음을 떼는 것이 너무 힘들어 그냥 여기서 삶을 포기하고 싶을 정도이다. 포기하고 싶은 바로 그 순간 푸르른 나무들과 에메랄드빛 오아시스가 눈앞에 들어오기 시작한다. 살 수 있다는 희망이 생기자 갑작스레 어디서 힘이 솟아나는지 전속력을 뛰어가서 물속으로 멋지게 다이빙해서 들어간다. 이후 화면이 바뀌면서 상반신은 사막의 모래에 꽂혀져서 버둥거리는 두 다리만 나오는 장면이 나온다. 아마도 이것이 '신기루'라는 단어와 함께 연상되는 장면이지 않을까 싶다. 옛 선조들은 사막을 다니면서 마주쳤던 신기루 현상을 보면서, '분명히 보았는데 가까이 가 보니 왜 없을까?'라는 의문을 가졌을 것이다. 계속된 의문은 과학

로드 마스터

의 발전을 통해서 밝혀졌다. 대기층이 불안정할 경우, 빛이 이상 굴절을 하게 되는데 이를 통해서 사실과 다른 허상이 보이게 된다는 것이다. 과학적 지식은 늘어났음에도 신기루 현상을 겪게 되면 눈앞에 보이는 것에만 급급하여 차분하게 생각하지 못하고 또 다시 속게 되는 경우가 자주 있다. 이와 유사한 신기루 현상으로 착각하게 되는 경우는 사막이 아닌 중동 지역 도시의 한복판에서도 종종 일어난다.

석유 가격이 연일 고공행진을 하면서 엄청난 오일 머니가 아라비아 반도에 풀리기 시작했었다. 발전소 설립, 신도시 건설 등 막대한 프로젝트가 쉴 새 없이 발표되면서 이것을 수주하기 위한 건설사들의 경쟁이 과열되었다. 성장하는 중동, 아프리카 시장 진출을 위해 중동 허브 도시에 교두보를 마련하고자 다양한 업종들이 몰려들기 시작했다. 본국보다 몇 배 이상의 월급을 받기 위해 가족들과 몇 년간의 이별을 감수하면서 몰려드는 주변 아시아와 아프리카 사람들로 넘쳐났다. 심지어는 한 달

거주 비자를 구입해서 무작정 넘어와 두바이 드림을 꿈꾸며 취업을 도전하는 각국의 청년들도 만날 수 있었다. 가파르게 유입되는 인구로 인해 이들을 위한 각종 서비스업이 생겨났고 직종을 망라하고 풀려진 돈을 끌어모으기 위한 각축전이 사방에서 벌어졌다. 이러한 역동적인 사회 분위기 속에서 대박 성공담들이 하나둘씩 들려오기 시작했다. 다양한 매체를 통해 이목을 끌며 다루어진 성공 스토리들은 때론 잘못된 굴절을 일으키기도 한다. 굴절된 빛으로 이런 이야기들을 접한 사람들은 자신들에게도 그 성공이 동일하게 일어날 수 있다는 확신을 품게 만들었다. 근거 없는 확신은 기대감을 부풀게 만들고 이는 성공의 자리에 자신을 앉혀 놓는 상상으로 이어진다. 자신을 성공 신화의 주인공으로 이입시킨 허상은 마치 성공이 이미 약속된 현실인양 착각하며 손쉽게 그 분야에 뛰어들게 만든다.

한번은 한류에 대한 과도한 맹신을 가지고 투자자를 찾기 위해서 사업개척단에 합류하여 오신 분을 컨설팅하게 되었다. 부정적인 조선의 기생에 대한 이미지를 바꾸고, 재능 넘치는 오늘날의 아이돌 스타의 원조로 접목시킬 숨겨진 이야기를 통하여 아이템을 만들고자 하신 분이었다. 아이디어는 있으나 아직 구체적인 상품을 만들지는 않은 상태였다. 중동 큰 손의 투자를 받아 상품을 생산 및 판매를 할 계획으로 온 것이다. 이분은 크게 두 가지 중동에 대한 신기루를 가지고 계신 것 같았다. 하나는 중동 사람들도 한류에 엄청나게 열광할 거라는 것과 다른 하나는 중동 산유국의 부자들은 큰 액수를 투자하는 데 별 어려움이 없을 거라는 허상이었다. 이곳은 동남아 등의 다른 지역과 달리 좀 더 제한적으로 한류에 대한 반응이 뜨거웠다. 더욱이 여성 아이돌이 평소 공연에서 입던 옷차림과 안무를 가지고 무대에 서는 것이 거의 불가능한 보수적인 분위기가 지배하는 이곳에서 아무리 감동적인 이야기를 만들어낼지라도 기생의 아이템은 아직 현지 문화와는 맞지 않았다. 혹시 이 상품이 이곳 사회를 변혁시키는 시발점이 될 수도 있지 않느냐는 긍정의 마인드로 도전해 볼 수도 있지만, 개인적으로 현재로는 승산 없는 때 이른 진출로 판단되었다. 또한 중동 사람들은 어느 지역 사람들보다 더욱 당장 눈에 보이는 것이 없이 막연한 설명으로는 결코 사업이 성사될 수 없음을 그동안 뼈저리게 느꼈는데, 이런 곳에 아이디어 하나로 투자자를 찾으러 온 것은 무모한 시도로밖에 보이지 않았다. 물론 돌파구를 찾기 위해 여러 가지 시도를 해 볼 수도 있지만 방문하는 현장에 대한 이해나 사전 조사가 너무 미흡한 상태에서 막연한 희망에 부풀어 있는 모습이 안타까웠다. 나로서는 부푼 희망을 잔뜩 품고 오신 분을 도착하자마자 그 희망을 단번에 산산조각 내버리는 악역을 맡아야 한다는 것이 달갑지는 않았다. 그래도 남아 있는 일정을 유익한 시간으로 만들기 위해서는 이상과 현실의 간극을 줄이고 또 다른 전략을 세워 가야만 했기에 허상들을 제거할 수 있도록 도왔다.

또 한 번은 위상이 높아진 코리안 뷰티를 앞세워 전문 뷰티샵을 오픈한 분을 만났다. 대부분이 곱슬머리인 아랍 여성들에게 스트레이트파마로 공략하시겠다는 포부를 품고 오셨다. 파마를 한 사람들은 특별 의식을 가질 수 있도록 고가 전략을 사용하였다. 사업 초기에 고가 마케팅이면 무조건 성공할 거라는 믿음 때문에 너무나도 높은 가격으로 책정하였다. 그러나 실제로 코리안 뷰티만을 내세운 단순 광고로는 그만큼 비싼 금액을 지불하고 모험을 할 소비자가 극히 드물었다. 이곳은 직접 시술을 해 본 검증자들이 거의 없는 초기 개척 단계였다. 또한 이를 검증해 본 사람이 주변에도 없었을 뿐더러, 머리를 가려야 하는 전통 의상으로 인해 파마를 한 사람이 가족들만 있는 폐쇄적인 공간을 제외하고는 고가를 투자하여 잔뜩 힘을 준 머리를 뽐낼 공간이 적었다. 또한 이곳은 전통적인 마케팅 방법을 병행해야 하는 곳인데, 그런 것을 하지도 않아도 잘될 거라는 허상으로 들어왔다가 고전을 하고 있었다. 그 후 시행착오를 통해 가격을 상당히 조절하면서 과대평가했던 상품의 현 위치를 파악하게 되었다. 또한 현지에 맞는 고전적인 마케팅 방법을 병행하며 사업의 안정화를 찾아갔다.

어느 분은 사우디 왕자와 함께 고부가 가치 산업을 진행하게 되었다고 하면서, 로또처럼 대박을 안겨다 줄 이 사업에 투자할 사람들을 모으기도 한다. 정부 주도의 국책사업이 주를 이루는 왕정국가의 왕자와 인연이 닿아서 사업을 추진할 수 있게 되었다고 하니 성공은 따놓은 보증 수표처럼 보인다. 그러나 사우디에 권력과 멀리 떨어져 있는 왕자가 얼마나 많은지 알고는 있을까. 설사 초권력층의 왕자를 만나 내일 당장 할 것처럼 이야기하다가도 결정적인 순간 한없이 미루는 아랍인들의 특성 때문에 기한 없이 기다려야 하는 경우도 생긴다. 모든 것을 다 할 수 있다고 장담하는 아랍인들의 의사표현 또한 우리가 보통 이해하고 있는 것과는 큰 차이가 있다. 그리고 매력적인 고가의 상품일지라도 처음 접하는 물품에 대해서 이해도가 생기는 데까지 예상했던 것보다 훨씬 더 오래 걸릴 수 있다는 것을 아는지 궁금하다. 변수로 작용될 수 있는 것들을 간과한 채 왕자라는 타이틀, 외관상 극진한 대접을 해 주는 아랍의 접대 문화, 화려한 겉모습, 엄청난 현금을 보유한 은행잔고 등에만 현혹되어 장밋빛 인생을 꿈꿔 보는 신기루를 만들기도 한다.

또한 해외에서 같은 국적의 사람이 돈을 잘 버는 것처럼 보이는 사업을 하고 있으면 갑자기 그 사업에 호기심을 갖게 된다. 멀리서 살펴보니 사업에 대한 특별한 노하우가 있는 것 같지도 않아 보인다. 그렇다고 저 사람이 나보다 사업 수완이 좋아 보이지도 않는다. 같은 한인이라는 조건이면 자신도 충분히 할 수 있겠다는 자신감이 생긴다. 이런 자신감은 성공으로 가기까지의 험난한 과정들의 준비를 생략시켜 버리고 사업을 시작만 하면 큰 수익이 생겨 사업을 통해 누릴 삶에 대한 상상에 집중하게 한다. 이런 달콤한 상상은 동일 업종의 사업에 과감하게 뛰어들게 만든다. 그런데 이런 동일한 상상과 계획을 세운 사람은 나 한 명이 아니었다. 동일한 성공과 수익에 대해 꿈에 부푼 또 다른 사람들이 진입장벽이 낮은 동일 사업에 뛰어들어 이곳은 곧 레드오션으로 변해 버린다.

이러한 현상은 시대와 장소에 상관없이 어디서든 일어

난다. 정말 모르고 속는 것인지, 아니면 알면서도 눈앞에 보이는 탐스러운 현상으로 어쩔 수 없이 속게 되는 것인지. 신기루를 잡으려는 우리들의 모습은 끊임없이 발생한다. 왜 우리는 이런 신기루 앞에서 계속 무기력할 수밖에 없을까?

옛날 중동 지역 어딘가에 위치했을 에덴동산에 사람에게 금기되었던 선과 악을 알게 해 주는 지혜가 담긴 나무 열매가 있었다고 한다. 이 열매를 먹으면 죽는다고 선악과를 만드신 신으로부터 들은 아담에 의해 구전으로 전해지고 있었다. 어느 날 하와라는 여인이 그 앞을 지나가다가 뱀과 이야기를 하기 시작했다.

"하와야, 그거 알아? 사실 저 열매를 먹으면 눈이 번쩍 떠져서 선악을 구별할 수 있는 능력이 생긴다. 이 능력을 갖게 된다면 이 세상을 다스리는 신처럼 지혜로워질 수 있어. 그러면 이제 더 이상 누구의 명령을 받지 않아도 스스로 지혜로운 선택을 하면서 살아갈 수 있게 되어 편할뿐더러 다른 사람들에게 선악을 구별해 주면서 좋은 일을 할 수 있게 된단다. 다른 사람이 먹어서 자신처럼 지혜로운 사람이 또 나오면 신이 세상을 혼자 다스리는 독점 체계가 깨질 것을 우려해서 선악과를 먹으면 죽는다는 이야기를 지어서 퍼뜨린 거야. 너도 한번 먹고 지혜로워져서 다른 사람들을 돕는 멋진 사람이 되면 좋겠다."

뱀은 하와에게 신의 음모론을 제시한다. 이것을 들은 하와는 한번도 꿈꿔 보지 못했던 삶에 대해서 상상하기 시작한다.

'그래? 그동안 삶의 수많은 선택의 기로에서 무엇을 해야 할지 고민했었는데……. 때론 이 길이 맞는지 불안해 하면서 살기도 했는데……. 다른 선택을 했으면 좋았을 텐데 하는 후회도 간혹 했었고. 나처럼 고민하는 사람들을 도울 수도 있다고? 한번 먹어 볼까? 단지 나만 좋게 되자고 하는 것이 아니라 다른 사람들을 돕는 보람된 일을 할 수 있으니까 모두가 윤택해지고 좋아지는 거 아니야?

때로는 신도 혼자서 선악을 구별해 주느라 힘드실 텐데 내가 도와드리면 기뻐하실 거야. 신이 정말 이것을 먹었다고 자신이 창조한 사람을 죽이지는 않을 거야.'

한 단계 업그레이드된 자신의 삶을 상상하게 된다. 또한 사회에 공익을 추구할 수 있는 가치 있는 삶도 꿈꾸게 된다. 뱀의 목소리는 빛을 굴절시켜 하와의 감각을 상실시킨다. 상실된 감각으로 헛된 상상을 하게 만들고, 내 자신을 상상의 결과물에 이입시켜 이미 성공한 주인공으로 상상의 결말을 짓게 한다. 선악과를 먹으면 죽는다는 경고나 먹지 말라는 주변 지인들의 만류를 나의 성공을 시기하는 목소리로 간주하기 시작한다. 선악과를 먹고 누리고 있을 결과물들만을 상상으로 마음껏 즐긴다. 성공에 대한 상상은 이미 너무 강해져 실패할 일말의 가능성도 생각하지 못하게 된다. 실패의 가능성도 제거되자 이제 과감하게 행동으로 옮기게 된다.

어떤 한 사람의 성공 신화는 나에게 찾아올 대박인생

을 꿈꾸게 만든다. 성공에 대한 적정한 바람은 새로운 일을 시작하거나 지속성을 유지하는 데 동력으로 작용할 수 있을 것이다. 그러나 성공에 대한 지나친 집착은 잘못된 방향으로 이끄는 유혹으로 다가올 수도 있다. 특히 결과물에만 시선을 고정하다 보면 결과를 만들어 내는 과정의 본질은 보지 못하고 현실의 토대 없이 나도 쉽게 해낼 수 있다는 착각으로 빠지게 만든다. 행복으로 포장된 욕망의 속삭임이 거짓인 줄도 모르고 신기루를 향해 전력질주를 하게 된다. 하와는 다른 이들의 말을 잘 믿는 순수무구한 사람인지 아니면 성공에 대한 욕망으로 가득 찼던 사람인지는 알 수 없지만 섣부른 투자자였음은 분명하다. 뱀의 이야기를 듣고 찬찬히 검증을 해 보지도 않고 쉽사리 믿어 버렸다. 뱀도 자신이 충분히 먼저 할 수 있는 일을 상대방에게 먼저 투자를 해 보라고 할 때는 합리적 의심을 한번쯤 해 봤어야 하는데 이를 생략해 버렸다. 성공의 결과물에 대한 상상은 기존의 사물을 왜곡되게 만들어 전에는 관심도 없던 선악과가 보암직하고 먹음직스럽도록 굴절시켰다. 선악과의 이미지가 죽음의

저주에서 행복한 삶의 비결로 바뀌게 되자 위험하게 바라보며 조심했던 것을 중지하고 도리어 갈망하게 된 것이다. 감각을 통해 얻은 정보가 사실이라는 믿음이 형성되기 시작하고 우리 안에 만들어진 잘못된 희망은 그 환상에 대해 강한 열망을 갖게 만들었다. 굴절된 감각으로 신기루가 형성되자 기존의 경고 문구나 과거에 시행착오를 했던 선배들의 애절한 외침에는 귀를 기울이지 않게 된 것이다. 마치 갈증이 타들어 가는 인생의 사막에서 해방구가 될 오아시스를 찾은 것처럼 대박 인생을 보장해 줄 아이템을 붙잡고 신기루로 뛰어 들어가는 것이다.

한번은 아라비아 반도 산유국의 복지 시스템에 관하여 조사를 해 본 적이 있다. 현지인들이 국가로부터 엄청난 혜택을 받고 있었지만 무성한 소문으로만 떠돌 뿐 정확하게 알고 있는 사람이나 정리된 자료가 없었다. 그래서 현지인들과의 면접 조사를 통하여 현재 이루어지고 있는 실질적인 혜택들에 대해 알아보았다. 현재 이곳에서는 세계에서 복지로 유명하다는 북유럽 국가들보다도 더 많은 혜택이 현지인들에게 제공되고 있음을 알게 되었다. 교육, 의료, 전기세, 물세 등이 무상으로 제공되고 기본 식료품들을 구입할 수 있는 바우처도 매달 제공을 받는다. 결혼과 사업을 위해 정부에 땅을 신청하여 받을 수 있을 뿐만 아니라, 무이자에 가까운 융자금으로 보금자리 내지 사업을 위한 건물을 지을 수 있다. 다양한 종류의 연금이 어느 상황 속에서도 현지인의 삶을 안전하고 윤택하게 해 주고 있었다. 국비 유학생으로 선정될 경우 장학금과 항공비는 물론이고 충분한 금액의 생활비까지 매달 제공해 주는 나라도 있다. 국내에서 치료받기 힘든 병을 앓고 있다며 해외 유수 병원에서 진료를 받을 수 있도록 모든 치료비, 환자 외 보호자 한 명에 대한 항공료와 체류비용까지 제공을 해 주며 자국인들의 건강을 책임진다. 회사마다 현지인들을 필수적으로 고용해야 하는 비율이 있어 취업도 상대적으로 용이하다. 또한 동일한 위치에서 같은 일을 하더라도 현지인들에 대한 최저임금으로 인해 외국인들보다 많은 월급을 수령한다. 정부의 든든한 지원으로 요람에서 무덤까지 삶의 모든 필수 사항들은 물론이고 넉넉한 경제적 혜택을 누리고 있는 이들의 삶이 부러웠다. 일평생 엄청난 세금을 내고 노후에 일부 연금을 받는 나라와는 격이 다른 지대국가(Rentier State)의 시민들은 아무런 걱정 없이 사는 것처럼 보였다. 외국인으로 이런 나라들의 시민권을 취득할 수 있는 길은 거의 불가능함에도 이들의 삶을 동경하게 되었다.

그러나 한 걸음 다가가서 그들의 깊은 속 이야기를 들여다보면 멀리서 상상했던 삶과는 거리가 있었다. 넉넉하게 보이는 경제적 혜택을 누리고 있지만 자신보다 한 차원 높은 대상들과 비교하며 이상과 현실의 간극에서 부족과 결핍의 문제로 씨름하고 있었다. 자신이 통제할 수 없는 자녀로 인한 문제들, 여러 인간관계 속에 얽힌 갈등, 최고의 의료시설에서 치료를 받을 수는 있겠지만 그래도 근본적으로 치료받을 수 없는 질환 앞에서는 무기력해질 수밖에 없는 상황, 진정한 삶의 의미를 찾기 위한 구도자의 고뇌, 특권의식으로 둘러싸인 전통 의상을

로드 마스터

벗고 나면 평범한 인간들이 겪는 희로애락을 동일하게 겪고 있었다. 인간이면 누구나 고민하는 동일한 삶의 문제들을 안고 하루하루를 살아가고 있는 것을 보게 된다. 그들의 곁으로 한 걸음 더 다가가 보니 내 안에 있던 그들을 향한 막연한 부러움은 신기루였던 것을 깨닫게 된다. 인간이 만족할 수 있는 상황은 없다는 것을 알면서도 눈에 보이는 그들의 외부적인 삶만을 보고 내 마음속에서 헛된 신기루를 스스로 만들어 냈던 것이다.

신기루에 대한 교훈은 끝이 전혀 보이지 않는 광활한 사막에서 죽기 일보 직전의 갈증을 느끼면서 힘겹게 한 발짝씩 내딛다가 현재의 모든 짐들을 내려놓게 해 줄 오아시스를 발견할지라도 절대로 뛰어가지 말라고 말해 준다. 모든 갈증을 해소해 줄 것 같은 오아시스를 향해 전력 질주하는 그 순간, 마음의 방향을 잃고 잘못된 길로 내달릴 수도 있다. 손에 잡힐 듯 눈앞에 펼쳐진 희망이 자신의 욕망을 해소하면서 얻게 되는 행복을 약속해 주는 것처럼 보여 결코 멈출 수 없는 질주를 하게 될 것이다. 불행으로부터 벗어날 수 있다는 희망이 허상의 존재를 믿게 만들어 버린다. 때로는 그곳에는 오아시스가 없다는 것을 알게 되더라도 이를 부정하고 희망의 허상들을 계속해서 만들며 한번 시작한 질주를 이어가게 된다. 눈앞에 보이는 신기루라는 희망을 막연히 좇다가 실제로 그곳에 존재하지도 않는 오아시스를 찾아 헤매는 어리석은 일은 이젠 그만두어야 한다.

사막은 아무리 화려한 오아시스가 바로 눈앞에 펼쳐지더라도 냉철한 마음으로 기존의 페이스를 유지하라고 말한다. 오아시스 바로 앞에 도달하여 물을 마시면서 진짜임을 확인할 때까지 허상이 될 수 있는 것으로부터 자신의 에너지를 지켜야지만 사막을 완주할 수 있다. 사막의 단조로움은 새로운 곳에서 만날 이상을 찾아 헤매기보다는 현재 내가 가지고 있는 것들을 다시 바라보게 만든다. 신기루의 허상을 하나둘씩 깨고 나면 매일 보는 익숙함에 가려졌던 아름다움이 눈에 들어오게 될 것이다. 그리고 이미 내 옆에 있던 파랑새를 발견할 것이다. 기존 보

로드 마스터

폭을 유지할 수 있는 차분함을 갖추라는 사막의 소리를

청종해 보자.

더불어
걷기

중동 지역 친구들은 주말이면 대부분 가족들과 한자리에 모이는 시간을 갖는다. 보통 남성들은 금요일 정오 마젤리스라는 사랑방에 모여 이슬람 대예배를 드린 후 식사와 차를 마시며 담소를 나누고 여성들은 주로 금요일 저녁에 한자리 모인다. 작은 단위의 가족들이 모이는 것이 아니라 명절에나 모일 법한 대단위의 친인척들이 한자리에 모여 가족애를 나눈다. 금요일과 토요일이 휴일인 아라비아 반도의 국가에서 소위 말하는 가장 핫한 목요일과 금요일을 주로 가족들과 함께 시간을 보내는 사람이 다수이다. 필자가 청년시절 주중의 바쁜 일상을 보내고 주말이면 교회생활과 못 만났던 친구들과 늦은 시간까지 함께하느라 가족들과 밥 한번 제대로 먹지 못하여 부모님께 핀잔을 들었던 때가 있었다. 그런데 이곳에서는 그와는 달리 가족 중심적인 풍경이 연출된다. 이들은 주로 친척들과 함께 여가생활을 즐기고, 방학이나 휴가 때에도 주로 가족이나 친척들과 함께 여행을 떠난다.

혈육 중심적인 삶에 대해서 좀 더 알아보고자 중동 지역 젊은 친구들에게 학교 및 직장시간 외에 주로 누구와 시간을 보내는지, 자신의 고민을 털어놓는 대상은 누구인지에 관한 질문들을 해 보았다. 결과는 압도적으로 형제, 자매 혹은 사촌들이었다. 또한 혈육을 중심하는 이들의 삶은 여러 군데에서 관찰된다. 비즈니스를 할 때도 최고의 동료이자 파트너는 가족으로 여긴다. 필자의 딸이 다녔던 아랍식 국제학교의 점심시간에는 반 친구들과 점심 식사를 하기보다는 자신들의 형제자매 혹은 친척들과 함께 먹기 위해 다른 학년과 반으로 원정을 가는 친구도 많았다. 그래서 처음 적응기에 함께 밥 먹을 친구를 찾기 위해 고생했던 딸의 이야기를 들었던 적이 있었다. 가족과 끈끈하게 지내는 것은 좋아 보이기도 하지만 너무 가족끼리만 지내고 협소한 인간관계로 다양한 것들을 누리지 못하는 것은 아닌지 다른 관점으로도 보게 된다.

더욱이 중동에서 사는 외국인이라면 이들의 지나친 가족애로 한번쯤 눈살을 찌푸렸던 적이 있을 것이다. 현지 친구들은 가정의 소소한 일에도 회사에서 쉽게 조퇴나 결근을 한다. 별일도 아니고 다른 대안으로도 충분히 해결할 수 있는 일인데 쉽게 집으로 가 버리는 아랍 동료를 보면, 자신의 업무에 대한 불성실하고 무책임한 태도에 대해 비난하게 된다. 유사한 상황에서 나는 나의 소중한 가족을 희생시키며 업무와 회사를 위해 일했는데 그렇지 않은 동료의 행동들을 보니 허탈감을 느끼게 되고, 팀 사기를 꺾는 현지 친구들에 대해 화가 나기 시작한다. 심지어는 아픈 가족을 간병하기 위해 3-6개월, 길게는 일 년씩 휴직을 하는 현지인도 있다. 장기간 자리를 비우면 나의 일까지 떠맡게 될 남아 있는 동료들에 대한 미안함 혹은 내 자리가 없어질 수도 있다는 불안감으로 우리는 절대 하지 못할 일을 스스럼없이 한다. '누구는 가족이 없나.'라고 비난을 하면서도 내가 직접 그렇게 하지 못하는 이유는 아마도 내가 살았던 문화의 테두리에서는 용납되지 않기 때문인 것 같다. 반대로 이들은 장기간 휴직을 하더라도 절대 일자리를 잃지 않는다는 안정감을 국가로부터 보장받는다. 이들의 문화로는 가족에게 문제가 있는데도 꾹 참고 회사에 있는 외국인들을 이해하지 못할지도 모르겠다. 물론 이런 제도를 악용하는 친구들도 있겠지만 가족에 대한 진심 어린 마음만은 분명히 볼 수 있다.

가족을 무엇보다도 소중하게 여기는 이들은 가족처럼 진정으로 가까워진 친구나 이웃이 있다면 그들에게도 무한한 사랑을 보낸다. 길을 지나가다가 친한 친구가 다투는 것을 보면 즉시 친구를 도우러 간다. 이런 상황에서는 당연한 일이기도 하지만 도와주는 방법에 있어서는 조금 차이가 있다. 보통 무슨 일이 일어났는지를 살펴보고 원만한 해결점을 찾아 다툼을 멈추는 것이 순서일 것 같은데 아랍 친구들은 자초지종을 듣지도 않은 채 오자마자 자신의 친구를 공격하고 있는 상대방을 향해 윽박지르는 일부터 시작한다. 그래서 외국인이 아랍 친구들과 시비가 붙으면 늘어나는 상대편의 숫자에 곤경을 처할 수도 있다. 소위 학교가 끝나고 화장실에서 보자고 하면 아랍 친구들은 절대 혼자 나오지 않고 많은 친구들을 데리고 나오니 용감하게 혼자 나가지 말라고 조언을 하기도 한다. 이러한 아랍의 친구들을 상대해야 된다면 힘들 수도 있겠지만 반대로 나에게 이런 아랍 친구가 있다면 이야기는 달라질 것이다. 설사 내가 잘못을 해서 사과를 해야 하는 상황일지라도 일단은 상대로부터 나를 보호하며 무조건 내 편에 서 주는 이들이 고맙고 든든할 것이다. 때론 친구로부터 객관적인 조언을 듣지 못하는 아쉬움이 있을 수도 있으나 조건 없는 신뢰와 무한한 사랑을 해 주는 친구가 곁에 있어 '나는 결코 혼자가 아니구나.'라는 가족애를 이들로부터 느끼게 될 것이다.

자신과 관계된 사람에게는 남다른 애정을 쏟는 아랍 친구들의 헌신은 좀 더 확장된 영역에서도 엿볼 수 있다. 만일 아랍 지역에서 당신의 자동차 타이어 펑크가 나서 교체를 해야 되는 상황이라는 어떻게 할 것인가? 본인이 능숙하게 교체할 수 있는 실력이 된다면 바로 장비를 꺼내고 예비용 타이어로 교체할 것이다. 그러나 그렇지 않다면 가까운 카센터의 직원에게 연락을 하거나, 그동안 돈은 꼬박꼬박 냈지만 무사고로 한 번도 혜택을 받아보지 못했던 보험사에 연락하여 긴급출동서비스(Road Assistance)를 받을 것이다.

중동 지역은 뜨거운 날씨로 인하여 도로면의 지열도 상당히 높다. 이런 이유로 타이어의 수명이 다른 지역에 비하여 매우 짧다. 그러다 보니 타이어를 제때 교환해 주지 않으면 도로에서 타이어를 교체해야 되는 상황이 종종 벌어진다. 또한 갓길에 잠시 잘못 주차를 했다가 고운 모래에서 빠져 나오는지 못하는 경우도 자주 발생한다. 그런데 이런 위기 상황에서 이들의 해결 방안은 우리랑 사뭇 다르다. 우리에게 익숙한 방법인 보험회사나 카센터에 전화를 거는 대신 친구에게 전화를 걸어 도움을 요청하거나 차 밖으로 나와 상황을 살펴보며 도움을 청한다. 차량 밖으로 나와서 잠시 쉬려고 주차한 것이 아니라 어려움에 빠졌다는 얼굴 표정으로 차량을 물끄러미 쳐다보고 있으면 지나가는 차량이 도움을 주기 위해서 멈추는 것을 경험할 것이다. 이들은 보험회사 등에 전화를 하여 도움을 청하는 것보다는 전혀 알지도 못하는 지나가는 사람들의 도움을 받는 것에 더 익숙한 것 같다.

필자도 차량이 모래에 빠지고 배터리가 방전된 상황에서 지나가는 사람들의 도움으로 위기를 모면했던 적이 여러 번 있었다. 맨 처음에는 지나가는 낯선 사람이 도와주겠다는 호의를 제대로 받지 못했다. 도와준다는 핑계로 금전을 요구하려는 것은 아닌지, 또 다른 속셈이 있는 것은 아닌지, 도움을 받았다면 나도 그에 대한 보상을 꼭 해 주어야 하는 것은 아닌지 각종 의심부터 했었다. 그러나 한두 번 이들의 도움을 받다 보니 어려운 사람이 있으면 그냥 돕고자 하는 순수한 마음에서 가던 길을 멈추었다는 것을 알게 되었다. 아마도 그동안 내가 살아왔던 곳에서는 유사한 어려움에 빠지면 전문기관의 사람들에게 도움을 받는 것이 익숙했기에 지나가는 낯선 사람의 호의에 경계부터 했던 것이다. 이러한 순수한 도움이 낯설다 보니 도움을 받아 문제를 해결하기보다는 의도를 파악하려는 데 열중했었던 것 같다. 그래서 이제는 도로에서 어려움이 생기면 서슴없이 차량 밖으로 나가 손을 들고 지나가는 차량을 멈춰 세워 도움을 청하는 버릇이 생겼다.

어려움을 겪을 때마다 서로 돕는 이 지역의 좋은 문화에 대해서 현지 친구에게 말했더니, 사막에서는 자신도 언제든지 위험에 처할 수 있는데 그때 나도 값없이 도움을 받을 수 있어서 내가 도와줄 수 있을 때 서로 도와주는 문화가 있다고 첨언해 주었다. 값없이 누군가에게 도움을 받았기에 그 고마운 마음으로 다른 사람을 돕고 혹은 미래에 생길 위기에서 나에게 도움을 줄 어떤 사람에 대한 감사함으로 가던 길을 멈추는 것이다. 서로에게 이름 없는 천사가 되어 주는 것이다.

아랍 친구들의 독특한 인간관계로 때로는 당황스럽기도 하고 때로는 예상치 못한 도움과 감명을 받기도 한다. 이런 면을 좀 더 잘 이해하기 위해서는 지금도 잔존하고 있는 사막의 부족들의 삶을 살펴봐야 할 것이다. 부족 중심으로 살던 이들에게 같은 부족원들은 함께 삶을 영위해 나가는 친구이자 외부의 적으로부터 서로를 보호해 주는 울타리가 되었다. 자신의 부족원 중 하나가 다른 부족과 다툼이 생기면 전 부족원들이 들고 일어나 함께 해결했다고 한다. 혹시라도 자신의 부족원이 다른 사람들에게 힘이 약하다는 이미지를 주게 된다며 주변 사람들에게 자신의 부족은 약탈의 대상이 될 수 있기에 시시비비를 가리는 것보다는 힘의 우위를 보이는 것이 중요했다. 같은 부족원의 운명이 나의 운명과 전체 부족의 존속 여부와도 직결되어 있기에 동일 부족의 일이라면 목숨을 걸고 도왔던 것이다.

또한 외지 사람이라면 이해하기 힘든 일부다처제도 부족주의 관점에서 바라본다면 이해에 도움을 된다. 이슬람에서 일부다처제를 허용한 주된 이유는 전쟁과 빈곤 등으로 인하여 성비불균형이 생겨 남자의 수가 적어져 여성들을 보호하기 위해서였다. 오늘날 일부다처제가 이슬람의 종교적 제도라고 아는 사람이 많지만 사실은 이슬람에서 규정하기 이전부터 성행되었던 제도이기도 하다. 특별히 부족주의 사회에서는 인구가 한 부족의 힘을 측정하는 중요한 척도가 되었던 당시에 남성은 생존을 위해 식량 공급과 외부의 적으로부터 보호하는 것을 담당한 반면 여성은 인구 증가의 중요한 도구로 여겼다. 그래서 옛 사막의 부족 중심의 사회에서 여성들은 생산의 원천이자 보호의 대상이기도 하면서 타 부족의 공격 대상이 되기도 하고, 다른 부족과의 동맹을 위해 정략결혼으로 계약을 맺는 데 이용되기도 하였다. 그래서 힘의 도구로 상징되는 남성의 울타리가 없는 여성일 경우 쉽사리 다른 사람들로부터의 공격을 받을 수 있었기에 이들을 보호하기 위한 제도가 생겨난 것이다. 오늘날에는 남성의 정욕을 채우고자 여러 여인들과 합법적으로 결혼하는 제도처럼 보이기에 쉽사리 비난을 할 수도 있지만,

중동의 한 여인과의 대화 속에서 나의 고정된 생각을 완전히 깨진 사건이 있었다.

　그 여인은 평범하게 한 남성을 만나 결혼을 하고 아이도 낳았다. 그러던 어느 날 자신이 남편에게 자신의 친구를 두 번째 부인으로 받아 주면 안 되겠냐고 먼저 제안을 했다고 한다. 이 여인에게는 과부가 된 친한 친구가 있었는데 자신의 남편이 보호가 필요한 친구를 부인으로 맞아 주길 바랐던 것이다. 어떻게 남편을 다른 사람과 공유하도록 먼저 제안할 수 있는지 도저히 이해할 수가 없었다. 이론적으로 알고 있었던 일부다처제가 오늘날에도 실제로 일어날 수 있음을 눈앞에서 보게 된 것이다. 여성 보호라는 원론은 단순히 원론일 뿐 현실은 전혀 그렇지 않을 것이라고 생각했던 나에게는 큰 충격으로 다가왔다. 다처를 보유하고 있는 몇몇의 현지 남성 친구들로부터는 들었던 이야기와는 사뭇 다른 관점의 이야기였다. 마치 차량이 고장이 난 사막 한복판의 위기상황에서 구해 줄 누군가가 오기만을 기다리며 광활한 사막만을 하염없이 바라보는 이들의 독특한 위기대처법을 통해 공감해 보려고 노력했지만 힘들었다. 이들은 내가 가지고 있었던 가족에 대한 정의와 범주와는 전혀 다른 개념을 가지고 있는 것 같았다. 과거의 유구한 세월 동안 중동 지역의 독특한 삶의 환경으로 인해 일반적이지 않는 가족 개념이 형성된 것이다. 사막에서 살아남기 위해서 한 사람의 남편과 아내가 가정을 꾸리고 그 속에서 낳은 자녀와 함께 안락한 삶을 추구하는 오늘날의 결혼과 가정의 형태를 포기했던 것이다. 어쩌면 포기가 아닌 다 같이 살기 위해 가족의 개념을 확장시켜 함께 무리를 지어 걷기로 결단을 한 것이다. 내가 가지고 있는 결혼에 대한 가치관과는 전혀 달라서 받아들이기는 힘들지만, 주변 이웃들을 돌아보며 더불어 살아가려는 이들의 마음에는 존경을 표하게 되었다.

현지인의 관점으로 사막의 삶을 살펴보니, 낙타가 일렬로 긴 행렬을 이루면서 무리를 지어 사막을 횡단하는 카라반 상인들의 장관이 새롭게 보이게 되었다. 오늘날에는 낙타 대신 고주파 무전기를 장착한 사륜구동의 차량들이 줄을 지어 사막을 횡단한다. 모양은 다르지만 혼자가 아닌 옆에 있는 사람들과 속도를 맞추며 소통을 하는 것이 사막 횡단을 성공적으로 마치는 비결 중 하나일 것이다.

그러나 요즘은 카라반 그룹에서 이탈하여 홀로 걷기를 하는 개인들도 늘어나고 있다. 무리를 지어 함께 가는 것이 생존법이라고는 하지만, 현재 통과하는 길을 보다 효율적으로 지나기 위해 홀로 걷기를 택하는 것이다. 최대한의 비용 절감을 위해 대인관계를 포기하기도 한다. 인간관계를 통해서 무언가 도움을 받는다면 투자라고 생각해서 사람들을 만나려고 노력이라도 할 텐데 당장 가시적인 성과를 거둘 수 없는 만남들은 차단을 하고 홀로 사막 횡단의 위한 준비를 하기도 한다. 연애, 결혼, 출산 등 더불어 살아가기 위해서 막대한 비용이 들어가는 일들을 사전에 포기해 버리고 의도적인 고립을 통해 현재 비상사태적인 어려운 국면의 생존비용을 최소화하여 통과하려고 시도한다. 언제 도착할지 모르는 느긋한 완주보다는 중간 기착 지점에서 숨을 헐떡거리며 잠시 멈춰서는 일이 있더라도 효율성을 강조하며 일정 구간을 전력 질주하는 대세의 분위기에 따르게 된다. 이런 대세에 끌려 다니는듯한 상황에서 제동을 걸어 준 것은 가장 가까운 것은 가장 소중히 여기는 사막 친구들의 삶이었다. 살아온 환경과 문화가 달라 이들의 삶을 온전히 수긍할 수는 없겠지만 가장 중요하다고 생각되는 순서대로 온전히 사랑하는 이들의 모습에 도전을 받는다. 이들은 명확한 우선순위 속에서 사랑을 하다 보니 삶 속에서 헷갈리는 것이 없어 보인다. 이들은 가정보다 직업이 절대 우선시되지 않았다. 일보다 가정을 우선시하여 직장에서 불이익을 당하거나 해고가 되어 경제적으로 어렵게 될 수도 있겠지만 일에 몰두하여 가족원들을 뒷전으로 내몰다가 가정을 깨뜨리는 일이 없어 보인다. 곤경에 처한 이웃을 돕는 일로 자신의 일정이 조금 늦어지는 것에 대해 개의치 않는다. 가장 가깝고 중요하게 여기는 것과 관계를 맺는 것에서는 타인의 시선이나 의견에 눈치 보지 않고 온전히 집중을 한다. 어쩌면 오늘날 사랑해야 할 것을 당연히 사랑하지 못하고, 덜 사랑해야 할 것에 과도한 사랑을 부어 삶이 어그러지는 것과 대조가 된다. 결혼한 남편과 아내보다 다른 이성을 더 사랑하게 되면 가정의 근간이 흔들리는 문제가 되고, 기본적으로 지켜야 할 윤리보다 돈을 더 사랑하게 되면 직원을 착취하거나 더 많은 돈벌이를 위해 부정부패도 일삼게 되는 것처럼 어긋난 사랑의 순서는 우리의 삶을 망치게 할 것이다.

"현명한 사람은 무리 지어 여행하고 바보는 홀로 여행한다."라는 아랍 속담에 담겨진 중요한 가치에 대해 다시 한번 되새겨 본다.

협상의
달인

관공서는 한 지역의 특성을 엿볼 수 있는 좋은 곳 중 하나인 것 같다. 관공서에서 업무를 하다 보면 주민들에게 제공되는 서비스는 무엇이 있는지, 어떠한 과정을 통해서 일 처리가 되는지, 부처 간 협력은 잘 이루어지는지, 일이 처리되는 하드웨어적인 시스템은 어느 정도 갖추어졌는지, 그것을 처리하는 공무원 개인들의 성향은 어떤지 등 현지의 실상을 다양하게 접할 수 있다. 아라비아반도 산유국의 관공서는 마치 유행을 선도하며 '향후 미래의 관공서는 이렇게 발전해 나갈 것이다.'라는 것을 보여 주는 전시장 같다. 업무 처리를 위한 최신식 장비가 즐비하고, 어플리케이션을 통해서 손쉽게 업무를 처리할 수 있는 소프트웨어도 나날이 개발되어 편리성을 제공하면서 종이 사용 0%에 도전을 하는 곳도 있다. 그러나 최신식 장비와는 대조되게 박물관에서나 구경할 법한 타자기를 사용하는 모습도 동시에 볼 수가 있다. 관공서 밖 주변에는 타자센터(Typing Center)가 즐비하게 있는데, 이곳에 들러 타자기 혹은 오래된 구식 컴퓨터로 작성해 주는 관련 신청서를 만들어 가야만 한다. 가파른 압축 성장을 하다 보니 신구의 대조적인 극명한 모습을 볼 수 있는 진기한 곳이 되었다. 또한 업무 처리 과정이 계속적으로 개발되다 보니 너무 빠른 변화로 담당자들조차 혼선을 빚기도 한다. 그러다 보니 이전에 동일한 일을 처리했던 사람의 조언을 받더라도 내가 할 때는 바뀌어서 새롭게 절차를 알아 가야 하는 어려움을 겪을 때가 종종 발생한다. 이처럼 새로운 최신의 방식을 배우면서 일 처리를 해 나가야 하지만, 때로는 직접 찾아가 담당자와 이야기를 하면서 일을 풀어 가는 구식의 방법을 겸해야 할 때도 있다.

중동 지역의 행정업무에 관련하여 이야기할 때 '안 되는 것도 없고, 쉽게 되는 것도 없다.'라고 한다. 이는 해결점이 보이지 않는 상황에서 담당 매니저에게 잘 이야기 하면 쉽게 풀리기도 하지만 담당자와 관계가 틀어지면 쉽게 처리될 일도 안 된다는 것을 우회적으로 표현한 말이다. 이로 인해 언어와 문화를 잘 모르는 외국인들은 한 번쯤 고생을 겪기도 한다.

현지에서 문화센터를 위한 법인을 설립할 때의 일이었다. 사업허가를 받기 위해 하고자 하는 계획서에 대해 설명을 하였는데, 정확하게 들어맞는 사업군의 영역이 없었고 이전에 유사하게 사업자등록을 한 사례도 없어 업무를 담당하는 사람이나 법인 설립을 하고자 하는 사람이나 둘 다 어떻게 해야 할지를 모르고 갈팡질팡 헤맨 적이 있었다. 여러 부서의 허가를 받아야 했던 상황에서 각 부처 간에 먼저 허가를 내주는 것을 꺼려했다. 이전에 사례가 없는 정확하지 않은 상황 속에서 먼저 허가를 내주었다가 나중에 모든 책임을 지게 될지도 모르는 두려움 때문인지 다른 부처의 허가를 받아 오면 자신도 해 주겠다고 하면서 미루기 일쑤였다. 서로 미루는 양 부처 사이에서 돌파구를 찾지 못하고 진척 없이 시간만 흘러갔었다. 자신의 책임만 회피하려는 전형적인 공무원의 모습을 보면서 현지인들이 매우 원망스럽기도 했지만 하루가 멀다 하고 바뀌어 가는 제도 속에서 일하는 사람들의 고충도 헤아려 보려고 노력했다.

이런 상황에서 내가 할 수 있는 일은 크게 세 가지였다. 하나는 이 정도의 허가를 받으면 내가 하고자 하는 일이 현지법에 저촉이 되는 것은 아닌지 현지인 법인 파트너와 상의를 하는 것이다. 허가를 덜 받아서 문제가 생기면 현지인 파트너의 또 다른 사업들에게도 피해를 줄 수 있으니 그의 조언을 따라 허가 받아야 할 영역을 정하고, 문제가 일어날 수 있는 부분에 대해서 사전에 공유하는 것이었다. 두 번째로 양 부처 중 한 부서가 먼저 승인을 해 주어야지만 다음 단계로 넘어갈 수 있는 상황에서 양 부처의 최대 책임자를 만나 나의 상황을 토로하고 조언을 구하는 것이었다. 그리고 마지막으로는 실질적으로 창구에서 업무 처리를 해 주는 담당자와 방문할 때마

로드 마스터

다 업무가 아니더라도 인사하고 안부를 물으며 담소를
나누며 친해지는 것이었다. 사실 이 모든 과정에서 명확
하게 가이드라인을 제시해 준 사람은 아무도 없었다. 결
과가 좋게 끝나 이제는 모든 것이 감사하지만, 당시에는
사막 한가운데 차량이 빠져 진퇴양난의 신세가 된 것 같
았다. 담당자조차 제대로 알지 못해 방법을 알려 주지도
않았고, 해결책을 찾아보려는 노력도 없이 그저 책임을
회피하려는 태도로 일관했다. 그러나 자주 방문을 하다
보니 담당자들과 친해지기 시작했고, 이곳저곳 사람들과
이야기하면서 파편화된 정보들이었지만 하나씩 조각들
을 맞추어 가다 보니 이것을 토대로 나름 전체적인 길이
보이기 시작했다. 그리고 나서 각 사람들에게 전체 진행
과정과 그 담당자가 해야 할 구체적인 방법을 제시해 주
고 일이 진행될 수 있도록 독려하여 법인 설립을 끝낼 수
있었다.

'네가 가르쳐 주지 않았던 정보들을 내가 어렵게 알아
보았는데, 이렇게 하는 것이 맞다. 그러니 너는 그냥 이

렇게 승인을 해 주면 된다.'

오랜 기간 노력하여 알아낸 것에 대해 보상받고 싶어서인지 담당자에게 이렇게 소리치고 싶었다. 하지만 아무리 내가 맞는 말을 하더라도 담당자의 자존심을 건드려 관계에 흠이 가면 절대 승인을 받을 수 없기 때문에, 소위 말하는 팔꿈치로 슬쩍 찔러 그 일을 하도록 유도하는 '넛지(Nudge)'를 해야만 했다.

"이렇게 하면 되는 것인지 검토 한번 해주시겠어요? 매니저분이 이렇게 하면 된다는 조언을 주시던데, 그렇게 하는 것이 맞나요? 담당자분이시니까 매니저보다 더 확실히 잘 아실 것 같은데……. 맞죠?"

'내가 다 알아보니 이렇게 하는 것이 맞으니 빨리 해 주세요.'가 아니라, 그들이 최종 승인 결정권자임을 명확히 인정하면서 그들에게 주도권을 넘길 수 있는 어구를 사용하도록 최대한 지혜를 짜내어야 했다. 그리고 당신들이 모든 절차의 적법성 여부를 검토하고 승인해 주었기 때문에 내가 법인 설립을 잘할 수 있었다는 고마움을 최대한 표현하였다. 모든 영광을 그들에게 돌렸다. 사실 이러한 총체적인 승인 과정을 다 알아보기까지 얼마나 많은 노력이 들어갔는지 잘난 척을 하고 싶었다. 당신들이 알려 주어야 하는 것들을 내가 직접 알아보았다고 하면서 그들의 무능력함과 나의 탁월함을 비교하면서 그들의 코를 납작하게 만들어 주고 싶었다. 그러나 이렇게 하고 나면 감정적 시원함을 얻을 수 있겠지만, 내년도 법인 재승인을 받으러 올 때 예상치 못한 난관에 부딪쳤을지도 모르겠다. 수고에 대한 보상과 인정받고 싶은 사소한 자존심을 버리고 최종 목표에 도달하는 것에만 집중을 한다면 난관을 함께 극복하며 진한 우정을 나눈 친구도 생기고 그 친구에게 외국인을 잘 도와주었다는 자부심도 선사해 줄 수 있을 것이다.

사막을 거닐다 보니 모든 영광을 취하기 위해 서로가 집착한다면 승자 없이 둘 다 죽게 됨을 깨닫게 된다. 누군가 한 사람이 양보하지 않는다면 소모적인 다툼에 지쳐 다음 오아시스에 도달하지도 못한 채 사막 한복판에서 동물들의 먹잇감으로 생을 마감할 수도 있을 것이다. 그러므로 이루고자 하는 궁극적인 목표 달성을 위해 부수적으로 얻게 되는 것들을 주변 사람들에게 나눠 주며 상생하는 넉넉함은 척박한 곳을 통과하는 미덕 중 하나일 것이다.

　재래시장에서 물건을 흥정할 때, 주택 임대를 위해 가격을 조율할 때 등 이곳에 거주한다면 특별한 행정적 업무가 아니더라도 이들과 의견을 조율하고 상생점을 찾기 위한 노력은 일상에서도 빈번하게 일어난다. 문화적 성향이 전혀 다른 사람들과 함께하면서 많은 것을 배울 수도 있겠지만, 이들과 함께 문제를 해결하고 의견 조율을 하는 과정은 늘 험난하고 어렵다. 특히 중동의 바이어들과 상생할 수 있는 공통분모를 찾기 위해 아랍 사람들과 협상테이블에 앉아 논의할 때면 사고의 극명한 차이를 경험하게 된다. 공급과 수요에 따라 가격이 결정된다는 불변의 경제논리와는 달리 손해를 보더라도 일정 금액 이상을 고수하며 고집을 꺾지 않을 때가 있다. 아랍식의 융숭한 대접으로 친절하게 환대를 해 주다가도 최종 순간에는 막무가내식 밀어붙이기로 나오기도 한다. 특히 이미 계약을 해 놓고도 이전의 협상 내용을 완전히 뒤엎을 때면 정말 당혹스럽다. 아랍의 상인들과 협상테이블에서 빚어진 경험들은 그들을 아래와 같이 비난하게 만든다.

- 부유하게 자라서 괜한 자존심만 부리며 가격을 낮추지 않는 똥고집의 소유자
- 거래의 중요한 본질적 접근보다 과도한 대접으로 허세만 부리를 사람
- 감정 조절을 실패하여 협상의 테이블에서 난동을 부리는 미성숙한 성인 아이
- 모든 것을 할 수 있다고 자만하지만 그 말을 절대 믿으면 안 되는 신용불량자
- 앞에서는 친한 척하지만 너무나도 불합리한 계약의

조건들을 스스럼없이 내미는 가식적인 이중인격자

- 답변에 무반응으로 세월아 네월아 하는 무책임자
- 계약서에 도장을 찍고 나서도 거래 조건들을 바꾸며 막부가내로 나오는 벼랑끝 전술의 끝판왕

아랍 사람들과 숱한 협상을 하면서 느꼈던 감정들이다. 거래에 대한 기본 상식도 없이, 매너도 없이 나오는 그들의 행동에 거래를 뒤엎고 나오고 싶었던 순간도 있었다. 그러나 격해진 감정을 추스르고, 왜 이런 감정이 생겼는지 차분하게 생각을 해 보면 좋은 거래를 이끌어 내지 못하는 데에서 나오는 억울함을 해소하고자 아랍 사람들을 위와 같이 단정 지어 버린 것이다. 협상에서 주도권을 잃고 그들에게 끌려다니다 보니 그들을 이상한 사람이라고 비난하면서 내 안에 치밀어 오르는 분노를 잠재우려 하였던 것 같다. 그러나 나의 협상 방식과 기준이 일방적인 방법과 상식이라는 것을 내려놓고 아랍인 입장에서 혹은 아랍인을 협상 전문가로 내세운 고용주라고 생각해 보면 그들은 나의 이익을 극대화시켜 주는 최

고의 직원일 것이다.

- 엄청난 유연성을 지닌 듯하지만 일정 가격이 아니면 차라리 이익 창출을 안 하더라도 거래를 하지 않겠다고 배짱을 부리는 능력
- 아랍의 융숭한 접대 문화를 통해 인간적인 접근으로 신뢰관계를 쌓지만 거래에 있어 공과 사는 철저하게 구분하는 냉철함
- 친절한 어투와 격양된 어조를 적절하게 섞어 가는 감정 표현으로 테이블을 주도하는 면밀함
- 모든 것이 가능하니 걱정하지 말라고 안심시키는 긍정적 자부심
- 인간관계도 잘 하면서 자신의 실속까지 잘 챙기는 지혜로움
- 조급함 없이 시간을 지배하는 차분함
- 끝난 듯한 상황 속에서도 끝까지 좀 더 나은 조건을 만들기 위해 노력하는 집념

이것들은 아랍 친구들이 협상테이블에서 보여 준 그들의 능력들이다. 내가 지금 서 있는 곳이 그들의 그라운드인 것을 새삼 깨닫게 되자 이들을 무논리에 비상식적이라고 원망하던 것을 멈추게 된다. 다른 나라에 와서 나의 기준을 가지고 아는 척하며 이것을 따라야 된다는 소리도 잠재우게 된다. 내가 가진 기준을 버리고 내가 있는 곳이 아라비아 반도임을 제대로 인식한다면 아랍 사람들에 대한 비난이 멈춰지고 다르게 보이기 시작할 것이다. 자급자족이 힘든 불모지인 사막에서 생존을 위해 장고한 기간 동안 카라반 상인으로 살아왔던 그들에게는 협상의 DNA가 뼛속 깊게 녹아 있는 고수임을 절감하게 될 것이다. 시대에 뒤떨어지는 듯한 전통 의상 속에는 나름대로 정리된 협상의 원론을 품고 있는 협상의 달인을 발견할 것이다. 마치 이들의 협상 전략은 드넓게 펼쳐진 사막에서 어디로든 새롭게 한 발자국 내디디며 그것이 새로운 길을 만들 수도 있다는 유연성을 지닌 듯했다.

이에 반해 나는 스스로 그어 놓은 경계선 안에서 어떻

게든 해 보려고 아등바등하는 사람 같았다. 경제학적 논리와 협상학의 방법론으로 무장하고, 중동 아랍의 현지 문화를 토대로 접근하였지만 여전히 정해진 틀 안에서만 최선의 방법을 찾으려고 하는 모범생 같았다. 국제적인 기준이라고 착각한 나만의 틀을 만들고 이것을 넘으면 예의가 아니니 넘지 않으려고 했었다. 그러나 아랍의 친구들은 협상을 위해 계속적으로 찔러 보는 불굴의 의지를 보였다. 이미 함께 정해 놓은 틀조차도 넘어 보려는 과감성을 보였다. "결코 포기하지 마라. 포기하자마자 기적이 일어날 수도 있다."라는 아랍 속담을 여실히 보여 주는 것 같다.

협상의 달인을 따라서 수없이 선을 넘는 시도들을 해 보니 경계들이 무너지는 것을 경험하게 되었다. 사회가 부여해 준 기준과 자격 조건으로 미리 포기하지 말고 그냥 문을 두드려 보게 된다. 가고 싶은 마음이 간절하다면 내가 진정으로 할 수 있는 것을 다 해 보게 된다. 완전히 문이 닫혔는지 두드려 보는 것은 오롯이 내 몫이다. 물론 수많은 낙방으로 거절의 상처를 받을 수도 있겠지만 굳건히 닫힌 문 앞에 서 보면 또 다른 길들이 보이기 시작한다. 그리고 혹시 아는가. 내가 문을 두드릴 당시 내가 알지 못하는 문 뒤편의 상황에서 자격 조건에는 모자라지만 내가 그들도 미처 생각하지 못했던 새로운 변수가되어 문을 열고 들어갈지.

　사막에는 모든 사람이 가야 하는 정형화된 도로나 차선은 없다. 혹시나 많은 사람들이 걸어가서 길에 깊은 자국이 남을 뻔한 경로도 다음 날이 되면 바람에 날아온 모래에 덮여 사라지고 만다. 길이 없다고 멈추지 말자. 비록많은 사람들이 지나가서 손쉽게 따라갈 수 있는 도로가보이지 않더라도 내가 가는 길이 또 하나의 최선이 될 수있음을 기억하며 새로운 발걸음을 내디뎌야 할 것이다.

요즘
애들

설레는 아랍 지역 방문. 드디어 공항에 도착하여 숙소까지 가기 위해 택시를 잡는다. 택시들이 즐비해 있는 곳에 손님을 기다리고 있는 택시 기사들이 서로 담소를 나누고 있다. 어느 택시를 타는 것이 순서에 맞는 것인지 눈치를 살피는 순간 한 기사가 와서 목적지가 어디인지 묻는다. 아마도 이 기사분이 손님을 태울 차례인 것을 생각하고 머물 숙소를 말한다. 그러자 얼마 정도의 요금이 나오는지 알려 준다. 아랍에 오면 가격 흥정을 하면서 최대한 많이 깎아 보라는 여행책자의 조언대로 약간은 터무니없는 금액을 제시해 본다. 기사는 당황하면서 요즘 시세는 그것이 아니라고, 그래도 당신이 오늘 처음 손님이니 좋은 가격에 해 주겠다고 하면서 나름 상당히 낮추어진 가격을 제시해 준다. 가격 협상을 성공적으로 한 것

같아 기분 좋게 택시에 탑승한다. 숙소까지 오는 내내 방문할 만한 관광지를 추천 받고 현지인들의 특성 등을 상세히 알려 주는 기사의 친절함에 더욱 기분이 좋아진다.

그런데 며칠 이곳에서 지내다 보니 현지의 물가를 알게 되면서 공항에서 숙소까지의 요금을 원래 금액보다 많이 지불하게 된 것도 알게 되었다. 택시 기사한테 속은 것을 알고 나니 현지인들의 미소나 친절을 액면가대로 받아들일 수가 없게 된다. 이 나라에 와서 처음 만난 현지인이 친절하게 대해 주었다는 것으로 방문지에 대해 모든 것을 긍정적으로 바라보았던 시선이 갑자기 부정적인 시각으로 바뀌게 되었다. 그런데 더욱 황당한 것은 관광객에게 바가지요금을 씌운 이 사건을 현지에서는 사기라고 보지 않는다는 것이다. 아랍 상인의 마인드로는 이를 속이는 행위로 보지 않고, 그 택시 기사가 협상을 잘해서 이익을 많이 창출한 것으로 본다. 택시 기사는 외국인을 보자마자 그가 여행객이며 초행길임을 알아챘다. 그리고 몇 가지를 스캔해 보니 손님이 어느 정도의 금액은 지불할 능력과 의사가 있을 거라 생각하고 제시를 한 것이다. 최종적으로 손님도 택시 기사가 제시한 금액에 동의했기 때문에 사기를 친 것이 아니라고 여긴다. 둘 사이에서 서로가 동의한 계약이 성사되고 기사는 계약에 따라 이행한 것뿐이다. 마치 다른 지역에서 수입해 온 물자를 또 다른 지역에 수출하여 판매를 할 때 중계무역상의 능력에 따라 이익 창출의 크기가 달라지는 것처럼 택시 가격을 협상할 때도 카라반 상인들의 방법이 적용된 것이다.

사고의 구조가 다르다 보니 한 사건을 겪으면서도 전혀 다른 결과와 해석에 이르게 된다. 서로에 대한 이해가 없다면 아마도 서로 상대방을 험담하면서 평생 살아갈지도 모르겠다. 다행히 요즘에는 디지털 시대를 맞이하여 우버(Uber)와 그랩(Grab) 같은 어플리케이션으로 이런 풍경이 많이 사라지고 있다. 특히 최신 트렌드를 이용하여 돈벌이를 하는 현지 젊은 친구들은 변화된 삶의 환경에 의해 윗세대와는 다른 사고방식이 형성되고 있음을 경험할 수 있다. 외지인에게는 모든 것이 생소한 아랍 중동 문화이지만, 세대에 따라 또 다른 문화를 가지고 있음을 깨닫게 된다. 그래서 문화의 차이는 타 문화권에서만 일어나는 것이 아니라 동일한 언어를 사용하는 동족들 사이에서도 세대별로 다른 역사적 경험을 가지면서 세대 간의 차이를 보인다. 이런 차이로 인해 자라나는 세대는 윗세대를 고리타분하며 꽉 막힌 꼰대로 바라본다. 반대로 기성세대는 신세대를 무모하고 이해할 수 없는 존재들로 바라본다. 옛 선사시대 동굴에도 "요즘 젊은 아이들은 버릇이 없다."라는 글이 적혀 있었다고 하는데 세대 간의 문화 차이는 예나 지금이나 계속적으로 존재해 왔던 것이다. 우리나라에서는 세대 간의 문화 차이를 극복하고자 대략적으로 세대를 구분하여 그 시대의 특징과 성향을 분석하였다.

한국전쟁 이후부터 1960년 초반에 태어난 세대를 일컬어 '베이비붐 세대'라고 한다. 전쟁이 끝나자 미뤄졌던 결혼이 한꺼번에 이루어져 출생이 폭발적으로 늘어나며 생

로드 마스터

긴 이름이며 이들은 국가의 안정을 찾았지만 어려운 경제를 일으키기 위해 자신의 것들을 포기하며 헌신한 세대이다. 그리고 그 뒤를 이은 세대를 '386세대'라고 하는데 이 용어가 등장한 1990년대에 30대였으며, 80년대 학번으로 대학으로 다닌 1960년대 생을 일컫는 용어이다. 이들은 민주화 투쟁을 이끈 세대로 자기정체성이 강하고 현실에 안주하기보다는 새로운 변화 추구를 주도하는 세대로 분석된다. 그리고 경제적인 풍요를 맛보면서 자신의 개성을 보이기 시작한 1970년대 중반부터 1980년 중반까지 태어난 사람들을 'X세대'라고 부른다. 이후 베이비붐 세대의 자녀들로 2000년 이후 대학을 입학한 '밀레니엄세대', 혹은 X세대 다음 세대라고 하여 'Y세대'라고 불리는 세대가 있다. 그 이후로는 인터넷 사용에 익숙하게 자라난 디지털 네이티브(Digital Native) 세대로 경제 호황기에 자란 탓에 나이는 어리지만 구매력도 높고, 가족들의 물품 구입 시 의사결정에 지대한 영향을 주는 'Z세대'가 있다.

이렇게 세대별에 따라 그들이 자라났던 시대적인 배경으로 인하여 어떠한 특징이 생겼는가를 분석하였다. 이러한 정보들은 기업의 마케팅을 위해서 사용되기도 하지만, 세대 간에 서로를 이해하는 데 많은 도움을 주고 있다. 즉, 오늘날 한국의 문화를 선도하고 소비의 중심에 서 있는 밀레니엄 세대와 Z세대에 관한 성향 분석은 그들의 지갑을 열어 줄 뿐만 아니라 기성세대가 자신들과는 전혀 다른 문화 속에 살아가고 있는 젊은 세대와 공감하기 위한 도구로 사용되고 있다. 또한 이것이 우리나라를 대상으로 한 분석이지만 압축 성장이라는 공통점이 있는 중동 지역에서도 젊은 세대를 이해하는 데 많은 도움을 준다.

나와는 다른 중동과 아랍을 이해해 보고자 여러 종류의 책들을 읽기 시작했다. 그들의 과거를 알기 위해 역사책을 보고, 이들의 대다수가 믿고 있는 종교인 이슬람에 관한 책들을 섭렵하기 시작했다. 또한 중동 지역에서 일어난 굵직한 사건을 분석해 놓은 책들과 논문을 접하고 최신 뉴스를 읽으며 과거뿐만 아니라 현재를 이해하기 위한 노력을 했었다. 알면 알수록 우리나라와 유사한 역사 흐름을 가지고 있다는 것도 발견하게 된다. 우리나라가 일본의 침략, 한국전쟁과 분단의 아픔, 어려운 경제적 상황에서 고도의 압축 성장 및 정치 변화 등 급격한 변화를 해 왔던 것처럼, 중동의 여러 나라들도 강대국들에 의한 강제적인 근대국가 설립, 이스라엘의 팔레스타인 영토 침탈, 아랍민족주의로의 단합, 종교적 분파 싸움으로 인한 아픔, 석유의 생산으로 이룬 급격한 경제발전, 아랍의 봄을 통한 정치적 진통 등 유사점이 많이 발견된다. 우리나라에서 한국전쟁을 경험했던 분들이 북한과 중국에 대한 안보 수위가 매우 높은 것처럼 중동 아랍의 어르신 세대들도 이스라엘에 대한 큰 반감으로 유대자본의 기업들에 대해서는 불매를 하는 등 강한 안보의식을 지니고 있다. 반면 한국의 그 다음 세대가 중국을 경제 협력의 파트너로 삼고 북한과도 대화를 계속적으로 시도하면서 변화의 시대를 맞이할 수 있다는 긍정적 기대를 하는 것처럼, 중동 아랍의 젊은 세대들도 어른 세대들이 주창하던 거대 이데올로기에 영향을 받지 않고 디지털 네이티브 세대로 다른 관점으로 세상을 바라보고 있다.

이렇게 역사적 유사점은 중동 지역을 이해하는 데 많은 도움을 준다. 그러나 현재 쉽게 접할 수 있는 이 지역에 관한 대다수의 자료들은 예전의 모습과 어른 세대를 이해하는 데에는 도움이 되지만 중동 아랍의 소위 요즘애들을 이해하는 데에는 한계가 있었다. 이런 상황에서 AYS(Arab Youth Survey)와의 만남은 이런 아쉬움을 어느 정도 해소해 주었다. ASDA'A BCW라는 곳에서 2009년부터 매년마다 16개의 아랍 국가의 3천 500명의 젊은이(18-24세)를 대상으로 실시한 일대일 설문조사를 통해얻은 결과를 발표하고 있다. 어느덧 10년 동안의 쌓인 통계 자료를 살펴보면서 젊은 아랍 친구들이 고민하는 생각들을 조금이나마 거시적으로 파악할 수 있었다.

중동 아랍 인구의 상당수는 젊은 세대로 구성되어 있다. 인구의 나이 분포를 요약하는 지수인 중위 연령

(Median Age)은 이를 뒷받침해 주고 있다. 젊은 세대가 많은 중동 지역을 크게는 가진 자(Have) 그룹과 가지지 못한 자(Have-Not) 그룹으로 나눌 수 있으며, 자신이 속한 상황에 따라 자신의 국가와 미래를 바라보는 관점이 다르게 나타나고 있다. 가진 자 그룹들은 국가 정책과 미래에 대해서 긍정적으로 보는 반면 가지지 못한 자 그룹에서는 불만과 부정적인 견해가 상당히 높게 나왔다. 특별히 젊은 인구 비율이 높다 보니, 이들은 사회에 나가서 잘 적응할 수 있는 교육을 받는 것과 건강한 일자리를 찾는 것에 가장 큰 관심을 가지고 있다. 실업 등 개인적인 문제로 아랍권을 뒤덮었던 거대 이데올로기에 대한 영향은 사라지고 더 나은 각 개인의 삶을 위해 집중을 하는 경향을 보이고 있다. 이를 위한 희망의 돌파구 중 하나는 아랍에미리트(UAE)라는 나라이다.

아랍에미리트는 매년 조사 때마다 아랍 젊은이들이 가장 가고 싶은 나라이자 자신의 고국이 이 나라처럼 되기를 희망하는 국가 순위에서 부동의 1위를 차지하고 있다. 1위를 제외하고는 국제 이슈 등의 이유로 희망하는 나라의 순위가 바뀌었지만 1위는 항상 아랍에미리트가 차지하였다. 그 이유는 살펴보면, 나라가 안정적이며 다양한 일자리 기회가 많으면서도 넉넉한 월급 체계 등 젊은이들이 가장 필요로 하는 것을 제공해 주기 때문이다. 외부인들에게 아랍에미리트는 중동 아랍의 전체적인 이미지를 긍정적으로 개선시켜 준 요인 중 하나이다. 세계 최고의 높은 빌딩과 최고급 호텔, 가장 넓은 쇼핑몰, 중동의 대표적인 대추나무 모양의 인공 섬, 뜨거운 사막에서 상상할 수 없었던 겨울 스포츠를 즐길 수 있는 곳, 유명 박물관의 분점을 유치하기도 하며 중동 아프리카 지역의 금융, 경제, 사회, 문화의 허브로 자리매김을 하면서 국제적인 도시로 위상을 떨치고 있다.

이 나라에 대해서 보통 우리가 알고 있는 외부적인 요소가 아닌 다른 하나에 주목해 보고 싶다. 아랍에미리트 건국의 아버지라고 불리는 세이크 자이드(Shiekh Zayed Bin Sultan Al Nahyan)는 나라를 세우면서부터 젊은이의 잠재력을 중시하며 이들이 잘 성장할 수 있도록 교육을 중시하였다고 한다. 때론 요즘 애들을 버릇이 없고 사회에 악영향을 주는 대상으로 간주하기도 했지만, 사람을 잘 활용하지 못하면 무가치하다는 이유로 젊은 사람들에게 최대로 투자를 하고, 그들이 꿈을 잘 키우고 사회에서 헌신할 수 있도록 여러 가지 제도를 구체화해 왔다. 이 나라의 정부 관계자들을 만날 경우 나이가 어린 현지인들이 주요 요직을 차지하고 있어 협상의 파트너로 만나게 되는 경우가 종종 있다. 이들은 집안 배경으로 이른 나이에 경험도 전무한 상태로 요직에 앉게 되어 무모한 결정과 무리한 요구를 내미는 상대하기 어려운 파트너로 생각하기가 쉽다. 그러나 젊은이들이 중직을 맡고 있는 이유에는 젊은 세대를 키우겠다는 국가의 의도가 포함되어 있다. 다른 나라에 비해 아랍에미리트는 젊은 사람들이 리더십을 잘 발휘할 수 있도록 윗세대들이 지지해 준다. 뿐만 아니라 이들이 과학이나 기술적인 관점으로 불가능할 것 같은 일들도 제한을 두지 않고 시도해 보며 나라 발전을 위해서는 다각도로 고민할 수 있는 장이 잘 마련되어 있다. 마치 한 국가가 작은 스타트업 기업처럼 젊은 아이디어로 무엇이든 시도 해 보는 유연성을 지니고 실패를 두려워하지 않는다. 이곳에서 사는 외국인으로서 갑작스레 바뀌는 행정제도들로 인해 불편을 겪을 때도 있지만 언젠가는 다른 나라들도 따라할 만한 정책들을 시도해 보고 있다. 아랍에미리트는 단순히 인재들을 다른 지역에서 수입하여 사용하여 발전하는 것 대신에 궁극적으로는 자신들의 젊은 인재들을 성장시켜 인재와 국가 발전 모델 또한 수출하는 나라가 되고자 하는 목표를 두고 있다. 이런 흐름에서 아랍에미리트는 중동 아랍뿐만 아니라 아프리카와 주변 아시아 국가들의 '요즘 애들' 집합소가 되고 있는 것이다.

사실 외부인으로 중동 산유국을 보면 걱정이 태산이다. 천연자원이 떨어지면 아무것도 없을 텐데 미래에 대한 준비가 상당히 더뎌 보인다. 몇 가지 굵직한 국제대회가 끝나고 나면 도시 발전의 동력도 잃어버려 인구가 감소할 텐데 여전히 확장만 하는 모습에 유령도시가 될지

로드 마스터

도 모른다는 전망도 조심스럽게 해 본다. 아버지 세대는 아직도 고기잡이까지 하며 성실하게 사는 사람들도 있는데 노동의 수고를 전혀 모르는 젊은 세대들은 재벌 2세들처럼 한숨을 자아내는 행동을 할 때가 많은 것 같다. 옛 선사동굴에 요즘 애들은 버릇이 없다고 적혀 있던 글 아래에 '요즘 애들을 보니 미래가 암담하다.'라는 걱정 어린 어구를 한 줄 첨가하고 싶다.

그러나 나 또한 윗세대에게 버릇이 없고 걱정을 끼쳤던 젊은 시절이 있었다. 어쩌면 지금도 윗세대 분들께는 여전히 걱정거리일지도 모르겠다. 그러나 지금은 한 사회를 이끌어가는 주역에 일조를 하는 세대가 되어 현실에 맞는 방법으로 문제를 해결하며 살아가고 있다. 이처럼 요즘 애들도 겉으로는 걱정스러워 보이지만 내가 살아가고 있는 때와는 전혀 다른 시대를 살아가기에 그들에게 맞는 방법으로 이 사회와 자신들의 문제를 해결해 나가며 살아갈 것을 믿게 된다. 사막의 옛 선조들이 아무것도 없는 불모지에서도 소소하게 얻은 자원과 중계무역으로 생존했던 것처럼 그런 선조들의 지혜를 받은 중동 아랍의 요즘 애들은 설사 천연자원이 다 떨어진다 하더라고 불모지 같은 세계 경제 속에서 자신들만의 방법으로 살아남을 거라 여겨진다. 지금 내가 해야 할 것은 앞으로 이 사회를 이끌어 갈 주역이 될 요즘 애들을 향하여 괜시리 걱정하며 못 마땅하게 여기는 노파심을 버리고 따뜻한 눈빛으로 그들이 마음껏 뛰놀 수 있는 장을 만들어 주며 응원을 해 주어야 할 것이다.

로드 마스터

Road Master

지난 미국 대선과 관련된 뉴스 5개 중 4개는 가짜 뉴스로 밝혀졌다. 그중 상당 부분은 지구 반대편 작은 나라에 살고 있는 미국 대선과는 아무런 관계가 없는 10대 후반의 청소년이 만든 것으로 밝혀지면서 더 큰 충격을 주었다. 그는 인터넷 상에서 자극적인 코드의 뉴스 콘텐츠가 돈벌이가 된다는 것을 잘 알고 있었다. 먼저 클릭 수를 최대한 많이 늘릴 수 있는 전 세계의 이목이 집중되는 사건을 선택하고 그 사건과 관련된 여러 뉴스를 짜깁기하여 사람들의 손가락을 근질거릴 만한 뉴스거리를 만든 후 신뢰할 만한 기관에서 보도한 것처럼 가공하여 가짜 뉴스를 만드는 것이다. 오늘날 한 나라의 운명이 바뀔 수도 있는 가짜 뉴스는 단순히 국지적으로 일어나는 것이 아니라 전 세계적으로 나타나는 현 시대의 특징이 되어

버렸다.

   사실 가짜 뉴스가 오늘날에만 있었던 것은 아니다. 예전에도 정치적 혹은 경제적인 이익을 목적으로 거짓된 정보를 의도적으로 유포하는 일은 종종 있었다. 예를 들어 전쟁 시 상대를 속여 승리를 거두기 위해 의도적으로 허위 정보를 흘리기도 하였다. 이로 인해 수집된 정보를 철석같이 믿고 자만했다가 자멸하기도 하며 또는 그것이 거짓 정보인 줄 알아내 역으로 상대편도 허위 정보를 흘리기도 했다. 예전의 가짜 뉴스는 누군가가 명백한 이득을 얻고자 계산된 목적으로 행한 것이어서 한번쯤 합리적 의심을 해 보며 경우의 수를 따져 본다면 어느 정도 대처할 수도 있었다. 그러나 오늘날의 가짜 뉴스는 근원지를 찾기도 힘들고 전혀 상관없는 그룹에서 뉴스를 가공하고 유포를 할 수도 있다는 특징이 있다. 근거 없는 가짜 뉴스로 인해 직접적인 이득을 취하지도 않는 그룹이 뉴스를 만들다 보니 정보에 대한 불확실성은 증폭되었다.

해외에 살다 보니 많은 외국인들이 가짜 뉴스에 시달려 사는 것을 자주 보게 된다. 사실은 이것은 가짜 뉴스라기보다는 제한된 정보 수집 통로와 잘못된 해석 그리고 부풀려지는 이야기 등을 통해서 생기는 오보에 가깝다. 거주하고 있는 지역의 문화와 역사에 대해서 익숙하지 않고 언어 소통에도 제약이 있다 보니 정보를 얻는 데에도 한계가 있다. 더욱이 주로 언어가 통하는 같은 민족 사람들끼리만 교류하면서 몇몇 사람들이 경험한 것과 얻은 정보에 의존하면서 살아가다 보니 이런 일이 더욱 자주 발생하게 된다. 그러다 보니 정보의 정확한 근원지에서 멀리 떨어진 2, 3차 혹은 4, 5차 정보를 얻게 된다. 정확도가 상대적으로 떨어질 수밖에 없는 자료에 자신이 가지고 있는 문화적 배경과 관점으로 문제를 바라보다 보니 현지의 현실과는 동떨어진 자의적인 해석을 하게 된다. 그리고는 이러한 어설픈 해석과 정보들이 소위 말하는 팩트 체크도 없이 유통된다. 주로 해외에서는 같은 교민들의 이야기를 통해서 접하다 보니 합리적 의심도 없이 쉽게 믿어 버리는 경향이 생기게 된다. 그래서 해외에서 사는 교민들은 국적을 막론하고 아니 땐 굴뚝에 연기가 날 정도로 잘못된 오보와 가짜 뉴스로 인해서 고생한 스토리들이 있다. 확인되지 않은 작은 뜬소문에 한 교민사회가 들썩이기도 하고 때로는 현지에 대한 잘못된 정보를 믿고 투자했다가 낭패를 보기도 한다. 또는 오해한 현지문화로 인해 반감을 가지고 살아가기도 한다. 이렇게 진리 위에 서 있지 못하니 괜한 증오감으로 살아가거나 혼돈을 주는 불확실성으로 인해 불안한 생활을 하게 된다. 특별히 중동 지역은 다른 지역에 비해 상대적으로 생소하고 접촉을 한 빈도수도 적어 기본 지식이 부족하다 보니 더 많은 오해를 하게 된다.

한번은 현지에서 오래 거주하신 한인 분이 현지인들은 결혼을 하면 1억 원 정도를 국가로부터 받는다고 알려주었다. 그리고 거의 모든 한인들도 그렇게 알고 있었다. 그러다 보니 결혼을 하면 무조건 1억 원씩이나 받는 현지인들은 우리랑은 다른 출발선에서 삶을 시작하는 것으로 여기면서 그들이 돈을 쓰는 모든 소비 행태들을 졸부

식 관점으로 보며 비난하는 분위기가 있었다. 나름 중동 지역에 대해 오래 관심을 갖고 공부해 왔던 필자가 듣기에 이것은 사실이 아닌 것 같다는 의심을 했지만 나 또한 확실한 증거가 없는 상황에서 아닌 것 같다고 반론을 제기할 수가 없었다. 괜히 어설픈 주장으로 논쟁을 하다가 상대와 관계만 안 좋아질 수도 있고 중동에서 살아온 연수도 한참 부족하기에 경험이 많으신 어르신 앞에서 고개를 끄덕이며 호응할 수밖에 없었다. 그러나 이것이 사실이 아니라는 생각이 떠나지 않아 이를 확인하기 위해 1차 자료에 접근하기로 다짐했다.

결혼 전후의 현지 젊은이에게 결혼을 했을 때 국가로부터 받는 혜택에 대해서 묻기 시작했다. 혹시 예전에 결혼하면 주던 몇 가지 혜택이 지금은 사라졌을 수 있으니 세대별로 동일한 질문을 던졌다. 또한 이곳의 특성상 일반 현지인들과는 또 다른 혜택을 받을 수 있는 왕족 가문의 친구들에게도 물었다. 표본의 수가 늘어나니 현재 한 국가에서 자국민에게 주는 복지 혜택이 무엇인지 명확하게 알게 되었다. 그 다음부터 잘못된 정보를 가지고 있는 분들에게 1차 자료인 일정 수의 현지인들에게 직접 질문을 하여 알아본 결과에 대해서 알려 주었다. 혹시나 한 지역에서 오래 살았다는 경력을 내밀며 우기는 사람들에게도 1차 자료에 접근한 조사 방법론에 대해 설명을 하자 어느 것이 진실인가에 대한 공방 없이 결과를 받아들였다. 물론 당신이 정말로 1차 자료에 접근을 했는지 신뢰성을 높이기 위해 그렇게 조사했다고 말하는 가짜 뉴스와 같은 패턴이라고 하며 조사에 대한 근본적인 의심을 품는다면 대화를 이어 나가기가 힘들겠지만, 평상시 1차 자료인 현지인들과 함께 지내는 필자의 삶이 조사에 대한 신뢰를 뒷받침해 주었다. 1차 자료인 소위 고급 정보를 다루게 되다 보니 그 분야에 있어서는 지식과 경험을 뛰어넘어 전문가가 될 수 있음을 경험하면서 1차 정보에 대한 위력을 절감하게 되었다.

사막 횡단 시 오아시스에 도착을 하면 먼저는 지친 육체의 피로를 회복하고자 안식을 취해야 한다. 오아시스

한쪽에 모닥불을 켜 놓고 석양을 보면서 그동안 지나쳐 온 날들을 되돌아보며 무사히 안식처에 도착한 것에 감사를 한다. 그 후 해가 지자마자 천문학 시간이 된 것처럼 쏟아지는 별들을 보며 대자연 앞에 숙연해지면서 여유로움을 즐기게 된다. 한없이 이 낭만 속에 거하고 싶은 마음을 절제하고 회복을 위해 오아시스 원주민들이 제공해 준 텐트 속에 들어가 잠을 청한다. 익숙하지 않은 잠자리 때문인지 아니면 수많은 별들과 지나온 날들에 대한 감동의 여운이 마음을 사로잡고 있어서 그런지 쉽사리 깊은 잠에 빠지지 않는다.

"쉬이익~ 쉬익~"

갑자기 밖에서 소리가 들려온다. 계속해서 들려오는 정체 모를 소리에 상상력을 발휘하여 온갖 부정적인 시나리오를 써 내려가며 두려움에 휩싸인다. 혹시 야생동물이 접근하는 것은 아닌지, 좀 전에 자연 속에서 느꼈던 낭만은 다 사라지고 다시 오직 생존만 생각하게 된다. 너무나도 두려워 차라리 소리의 원인과 마주하고자 텐트 밖으로 나간다. 나를 해칠 무언가가 있을지도 모른다는 생각에 바짝 긴장한 상태에서 텐트 문을 연다. 그러나 밖의 세상은 내가 좀 전에 느꼈던 모습 그대로다. 나를 두렵게 만든 것은 외부에서 일어나고 있는 위협적인 요소들이 아니라 내부에서 들려오는 부정적인 상상의 소리였던 것이다. 텐트 안에 있으면 외부의 위협으로부터 안전하게 보호받을 줄 알았는데, 오히려 두려움만 증대시키고 오갈 때 없는 폐쇄적인 공간이 되어 버린다. 어두운 하늘에 수놓인 별들, 낮의 열기를 다 빼어 버린 차디찬 모래, 사방을 분간하기 힘들지만 칠흑만이 주는 어둠의 선물, 온몸을 휘감으며 홀로 있는 사막에 외로움을 달래 주는 바람. 이제는 눈을 감고 사막을 다시 한번 즐겨 보기 시작한다. 두려움의 원인이 되었던 근본적인 1차 자료들을 다시 확인하였기에 눈을 감아 완벽한 어둠 속에 갇히게 된 시간들은 두려움을 몰아내고 나를 둘러싼 환경과 친밀감을 쌓는 시간이 되었다. 이제는 다시 텐트 안으로 들어가 대자연이 속삭이는 소리가 자장가가 되어 평온하게 잠을 청할 수 있게 된다.

며칠 동안 휴식을 취하고 기력이 회복한 뒤 다시 맞이하는 황금빛 일출은 내가 다시 걸어가야 할 사막을 조명해 준다. 달콤한 휴식을 선사해 준 이곳이 이제는 추억의 장소가 되도록 다시 새로운 길을 가야 하는 것이 현실이된다. 잠시이지만 안정감을 주었던 오아시스를 떠나려고 하니 다음 여정에 어떤 것이 있을지 두려운 마음이 엄습해 온다. 마치 텐트 밖에서 들려오는 소리들이 제대로된 휴식을 취하지 못하게 했던 것처럼, 오아시스 밖에 대한 미지가 기대감과 함께 두려움을 준다. 그래서 기력이 회복되고 나면 다음 여정을 위한 정보를 모으기 시작한다. 어떤 경로로 가는 것이 좋은지, 그 길로 갔을 때 다음 오아시스에 도착하기까지 걸리는 시간은 얼마큼인지, 예상되는 어려움은 무엇인지를 파악하여 수집된 정보에 따라 다음 여정을 준비한다. 오아시스에서 모은 자료들은 사막 한복판에서 생사와 직결될 수 있으니 최대한 정확한 1차적 정보를 얻으려고 노력하다. 그리고 혼자서 사막을 통과하는 것은 어리석은 일이기에 자신과 같은 방향으로 떠나는 무리가 있는지 알아본다. 사실 다음 여정을 위해 정보들을 모으는 것보다 더 중요한 것은 자신의 길을 직접 인도해 줄 가이드를 찾는 것이다. 아무리 많은 정보를 가지고 있어도 일어날 수 있는 수만 가지의 변수 속에서도 잘 대처하며 길을 잃지 않고 목적지로 인도해 줄 한 사람이 필요한 것이다.

보통 사막을 함께 넘나드는 카라반 상인 그룹들에게는 길을 안내해 주는 인도자가 있다. 인도자는 하늘의 별과 태양 등의 자연환경으로 방향을 식별하고 사막에서 일어나는 모든 어려움들을 능히 해결할 수 있는 사람이다. 사막 한복판에서 하루를 자고 일어나면 밤새 불어온 바람으로 바뀐 모래언덕의 지형을 보고 방향을 정확히 정할 수 없으니 눈을 들어 하늘을 보면서 변하지 않는 절대 진리와 같은 1차 자료가 주는 방향에 의존해야 한다. 또한 인도자는 같은 길을 수없이 반복하여 다녀서 그 길을 누구보다도 잘 아는 전문가이다. 만일 인도자가 그 길의 전

로드 마스터

문가가 아니라면 어떤 누구도 자신의 생명을 담보로 하는 여정을 그에게 온전히 의탁하지 못할 것이다. 그래서 사막 한복판에서는 다수의 의견을 따르는 민주주의는 통하지 않고 전문가 한 사람의 의견이 중요한 것이다. 만일 사막에서 하루를 자고 일어났는데 방향을 잃어버리게 되어 어디로 가야 할지 모른다면 어떻게 할 것인가? 투표를 통해 다수가 선택한 길을 갈지라도 혹이나 잘못된 방향으로 가게 된다면 소유하고 있는 식량이 떨어지기 전까지 다음 오아시스에 이르지 못할 수도 있다. 그래서 사막에서는 다수의 비전문가들의 의견보다는 그 길에 대한 1차 정보를 확실히 소유하고 있는 전문가 한 사람이 필요한 것이다. 모든 사람들이 오른쪽으로 가자고 할 때 전문가 한 사람이 반대 방향을 가리키면 모든 사람들은 왼쪽으로 가야 한다. 만일 전문가의 의견을 받아들이지 않고 자신의 뜻을 고집하여 행했던 사람은 영영 못 보게 될 수도 있을 것이다. 진리와 같은 전문가의 의견은 우리를 휘두르는 저급 정보로부터 보호를 해 준다.

'어둠 속의 대화'라는 프로그램에 참여하게 되었다. 이 프로그램에 참여하기 위해서 가장 먼저 했던 것은 안경, 핸드폰, 귀걸이 등 몸에 있는 조금이라도 빛을 낼 수 있는 모든 발광체를 제거하는 것이었다. 그리고 입장을 하였다. 정말 아무것도 보이지 않는 어두운 곳이었다. 눈을 뜬 것과 감은 것이 별반 차이가 없는 칠흑 같은 어두운 곳에 우리 그룹은 일렬로 섰다. 잠시 후 이곳 관계자인 것으로 추정되는 사람이 환영 인사와 함께 자신이 오늘 우리의 길을 안내해 줄 '로드 마스터(Road Master)'라고 소개했다.

"지금 저희가 보이세요? 혹시 특수한 안경을 쓰셨나요?"

우리의 가장 큰 궁금증은 이 어두운 곳에서 우리가 보이는지, 빛이 완전하게 차단된 이곳에서 앞으로 어떻게 길을 안내해 줄지 궁금했다. 로드 마스터가 맨 앞 사람의 손을 잡고 길에 대한 안내를 해 주면, 로드 마스터에게 정보를 받은 선두가 바로 뒷사람에게 순차적으로 길에 대한 설명을 전달하였다. 오르막길, 굽어진 길, 그리고 만져 보아야 할 것들이 있으면 로드 마스터의 지시에 따라 뒷사람에게 전달하며 한 걸음씩 떼어 길을 따라갔다. 꽤 많은 시간이 흐른 뒤 카페로 추정되는 곳에 도착하였다. 이곳에 있는 점원은 우리로부터 원하는 음료수를 주문을 받은 뒤 우리 손을 더듬어 찾아 음료를 움켜쥐게 해 주었다. 음료를 받고 다시 로드 마스터의 안내에 따라 더듬더듬 자리로 이동하여 짧은 시간 어두움 속에서 무엇을 느꼈는지에 대해서 나누었다. 참으로 이색적인 경험이었다. 꽤 큰 액수의 참가비를 지불하였지만 그것이 아깝지 않을 정도로 좋았다. 로드 마스터의 안내에 따라 길을 따라 완주하였지만 아직 풀지 못했던 로드 마스터의 정체에 대해서 듣고 싶었다. 도대체 어떻게 어둠 속에서도 우리의 길을 잘 안내해 줄 수 있었을까? 너무나도 궁금한 상황에서 로드 마스터로부터 반전의 답변을 듣게 되었다. 그분은 시각장애인이었다. 그래서 로드 마스터들은 빛이 있으나 없으나 그 차이가 없었다. 다만 그 길을 여러 번 다니면서 숙련될 수 있도록 익히는 연습이 필요했던 것이다. 여러 번의 연습을 거쳐 가야 할 길에 대해서 숙달이 되면 다른 사람들을 탁월하게 인도할 수 있었던 것이다. 열악한 환경은 장애가 있는 자나 없는 자를 동일하게 만든다.

사막에 서 보니 인생의 여정에서 내 자신이 소경임을 통감한다. 대학은 무슨 전공으로 어디를 지원해야 할지, 대학생활은 어떻게 보내는 것이 좋은지, 취업을 하기 위해서는 어떻게 준비해야 하는지, 지금 하게 된 일이 내가 진정 하고 싶은 일인지 아니면 현실에 안주하면서 맞춰 가려고 하는 것은 아닌지, 결혼은 누구랑 언제쯤 하는 것이 좋을지, 자녀를 낳아야 할지, 낳게 된다면 몇 명이 적당할지, 자녀 교육은 어떻게 해야 하며 노후를 위해서는 무엇을 준비하는 것이 좋을지……

수없이 반복되는 선택의 갈림길에서 수많은 정보와 조언들을 듣지만 제대로 분석할 수 없고, 특별히 그것이 나

에게 맞는 정보인지 구별해 낼 수 없으니 소경이나 다름
없는 것 같다. 때론 시대에 따라 유행 같은 경로를 따라
가며 수많은 인파속에 안도감을 갖고 걷다가도 중간에
내 길이 아님을 깨닫고 다시 원점으로 돌아가기도 한다.
오보와 가짜 뉴스로 곧게 뻗은 대로를 가다가 막다른 길
에 이르기도 한다. 역사는 반복된다고 하여 과거의 발자
취들을 통해 미래를 예측해 보려고 하지만 예상은 빗나
가기 일쑤이다. 제대로 된 인도자를 따라가지 않으니 다
람쥐 쳇바퀴 돌 듯 같은 자리를 맴돌다가 탈진하여 죽을
것 같다는 두려움까지 생기기도 한다. 내 자신도 이런데
나이가 들고 지식과 경험이 좀 쌓이고 수많은 실패 중 한
두 번 성공해 보았다고 하여 다른 사람들을 조언하면서
인도할 수 있을까? 내가 경험하고 쌓은 지식과 지혜는 어
쩌면 하루 만에 바뀌어 버리는 사막의 모래지형과 같은
데……

변수가 많은 중동 지역에서 살아가다 보니 끊임없이
텐트를 쳤다가 거두는 일이 자주 발생하게 되었다. 땀 흘

려 환경에 걸맞은 그럴싸한 장막을 완성하여 그 안에서 안식을 취할 때쯤 나는 이곳 오아시스의 주인이 아니라는 것을 알기에 이 평온함을 언제까지 누릴 수 있을까 하는 불안감이 스멀스멀 올라오기도 한다. 그러다가 장막을 거두고 새로운 길을 떠나야 하는 날이 불현듯 찾아오기도 한다. 떠남과 정착이 반복되다 보면 익숙해질 법도 하지만 아무리 반복을 많이 하더라도 새로운 길로 떠나는 것은 익숙해진 안전지대를 떠나는 불편함 속에서 오는 아쉬움이 더 큰 것 같다. 안전지대를 버리고 새로운 길을 가려면 그동안 가장 사랑하고 아끼는 것들을 놓아버려야 한다. 어느 쪽에서 살아갈지 선택의 경계선에서 그동안 당연하게 붙잡고 있었던 것들과 이별을 하여야 한다. 광야의 길에서 수차례 생존과 직결된 다 펼쳐 놓은 텐트와 우물에서 쫓겨나 새로운 우물을 팠던 이삭의 심정을 조금이나마 이해하게 된다. 생명줄이 되어 준 우물, 오아시스를 떠나 보니, 오아시스에서 악착같이 붙잡으려고 했던 것들을 내려놓으면 새로운 것들이 보이기 시작한다.

로드 마스터

이러한 광야 길에서 로드 마스터와 함께 여정을 한번 통과해 보았다면 다음번에 그가 내미는 손을 더욱 굳건히 잡을 믿음이 생기게 된다. 그는 어느새 익숙해지고 편안하며 안전을 보장해 주는 것처럼 착각하게 만드는 것들로부터 떠나 새롭게 가야 할 오아시스와 최종 목적지를 향해 한 발을 내딛도록 도와줄 것이다. 로드 마스터를 통해서 가야 할 길에 대한 방향이 설정되었다면, 길이 보이지 않고 이전에 간 사람이 없어 발자국조차 없을지라도 과감하게 한 발짝을 내디딜 수 있을 것이다. 그와 동행하면서 그가 매번 갈림길에서 절대 진리와 같은 1차 자료에 어떻게 접근하는지, 결코 변하지 않는 하늘의 좌표를 통해서 어떻게 방향을 설정하는지를 답습하게 된다. 로드 마스터와 함께 길을 찾아가는 것을 수많은 연습을 하다 보면 나 또한 특정 구역의 로드 마스터가 될 수 있지 않을까 희망을 품게 된다. 비록 내 안에 부족한 요소가 분명히 있지만 나의 부족한 감각과 통찰에 의지하지 않고 실수가 없는 1차 자료가 되는 로드 마스터에게 전적으로 의존하다보면 나 또한 작은 로드 마스터가 되지 않을까?

세상 곳곳에서 카라반 그룹들의 길을 올바르게 인도해 주는 진정한 길잡이인 로드 마스터가 더욱 많이 생겼으면 좋겠다. 그리고 인생의 안전지대 끝에서 여러분의 로드 마스터를 만나길 소원한다.